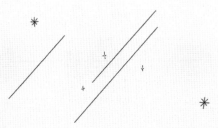

Theoretically, it was one of the happiest days of my life.

The date was Thursday, June 17, 1971.

The BOAC lifted from Kennedy airport
promptly at 10 A.M.

The sky was blue and sunny,

and after a lifetime of waiting I was finally
on my way to London.

마침내 런던

헬레인 한프 지음 심혜경 옮김

HB PRESS

런던 사람들에게

높이높이 그리고 멀리

이론적으로는 그날이 내 인생에서 가장 행복했던 날들 가운데 하루였다. 바로 1971년 6월 17일 목요일 오전 10시, BOAC[1]는 정확히 제시간에 케네디 공항을 이륙했다. 하늘은 구름 한 점 없이 맑았고, 나는 평생의 기다림 끝에 마침내 런던으로 가는 길에 올랐다.

하지만 뜻하지 않은 수술을 받고 병원에서 그때 막 퇴원한 나는 혼자 외국에 간다는 사실에 더럭 겁이 났다. 나는 혼자서 퀸스나 브루클린에 가는 것조차 두려워하는 사람이다. 길을 잃을까 무섭다. 만약 일이 잘못되어 공항에 마중나온 이가 아무도 없으면 어찌해야 하는지 도통 몰랐다. 빌려 온 여행 가방이 집채만큼이나 커서 어떻게 모시고 다닐지 막막

---

1   BA(British Airways, 영국항공)의 전신인 영국 해외 항공회사(British Overseas Airways Corporation).

하다. 들고 다니기는커녕 들어올리기도 힘들다.

해마다 런던을 방문하려는 계획을 세우기는 했어도 마지막 순간에 무언가 문제가 생겨 취소하곤 했다. 대개는 돈 때문이었다. 이번만큼은 달랐다. 하늘마저 이 여행을 처음부터 도와주려고 작정한 듯했다.

나의 책 〈채링 크로스 84번지〉가 뉴욕에서 출간되고 두 달 뒤에 앙드레 도이치(André Deutsch)라는 런던의 출판사가 판권을 사 갔다. 그리고 내게 편지를 보냈다. 6월에 런던 판을 출간할 예정이니 내가 그리로 와서 책의 홍보를 도와주기 바란다는 내용이었다. 나는 그가 성의 표시로 주기로 한 약간의 '선지급금'을 런던에 있는 출판사 사무실에서 받을 수 있게 해 달라는 답장을 보냈다. 셈을 해 보니 알뜰하게 쓴다면 그 돈으로 런던에서 3주를 지내기에 부족함이 없을 것 같았다.

내가 받은 팬레터에 관해 쓴 글을 〈리더스 다이제스트〉 잡지사가 사 준 덕에 그 돈으로 3월에 항공 티켓과 고급 의상 몇 벌을 샀다. 그리고 나중에는 돈을 엄청 잡아먹은 수술까지 받았다.

수술을 받으면서 사방에서 기부금이 답지했다. 내가 속해 있던 민주당원 클럽에서는 수술실로 꽃을 보내는 대신 런던 해러즈 백화점의 상품권을 보냈다. 런던에서 방금 돌아온 친구는 '공연 티켓 사는 데 써.'라는 메모가 붙은 파운 드 지폐뭉치를 문 아래로 밀어 넣었다. 병문안을 온 오빠 하나는 '파리에 갈 때 가지고 가라'며 100달러를 내 손에 쥐여주었다. 파리에 갈 생각은 눈곱만큼도 없었지만(나는 런던말고는 아무 곳도 보고 싶지 않았다.) 100달러면 런던에서 일주일을 더 묵을 수 있고 택시를 타거나 미용실에서 머리를 손질하는 약간의 사치도 부릴 수 있다. 이렇게 해서 재정적인 준비가 완전히 갖춰졌다.

출발하기 전날 친구 두 명이 송별 파티를 열어 주었다. 그날 낮에 짐을 꾸리며 어찌나 들떴던지 심장까지 흥분하는 느낌이었다. 파티에서 일찍 돌아와 침대에 누웠지만 한밤에야 잠이 들었다. 그리고 새벽 3시에 잠이 깨어 눈이 말똥말똥해졌다. 배 속이 울렁거리고 머릿속에서는 스스로를 다그치는 소리가 윙윙거렸다.

"너 지금 뭐 하자는 거야. 집에서 4,800킬로미터나 떨어진 곳에 혼자 갈 생각을 하다니. **건강**하지도 않으면서!"

나는 일어나 침대에서 내려왔다. 두려움에 짓눌려 마티니 한 잔을 마시고 담배 두 개비를 피우고서 침대에 다시 누웠다. 런던에 내가 못 간다는 전보문을 수없이 쓰면서 남은 밤을 지새웠다.

도어맨 폴이 공항에 태워다 주었다. 나는 한 손에 외투와 스카프, 잡지 몇 권과 여벌의 스웨터를 들고 출국 심사 대기 줄에 섰다. 다른 손은 수술한 다음부터 흘러내리는 새 네이비블루 슈트의 바지를 추켜올리고 있었다.

줄에 서 있는 것이 두 손가락만으로 벽에 매달린 것만큼이나 조마조마하고 힘들었다. 마침내 탑승 허가를 받고 내 좌석인 창가 자리에 앉았다. 다섯 시간 동안 손가락 하나도 움직일 필요가 없다는 것을 알고는 너무나 기뻤다. 내가 직접 만들지 않아도 다른 사람이 샌드위치와 커피를 가져다주니 이보다 더 좋을 수가. 누군가가 마티니 한 잔을 갖다 주었다. 먹고 나면 다른 누군가가 와서 그것들을 깨끗이 치웠다. 긴장감이 누그러지기 시작했다.

긴장이 완전히 풀렸을 때 머릿속에 맴돌던 목소리가 일이 잘못되어 공항에서 아무도 못 만나면 어떻게 할 거냐고 물었다. 두려움을 잊으려고 나는 가방에서 편지들을 꺼내 읽고 또 읽었다. 그 편지들은 나의 생명줄이었다.

첫 번째 편지는 앙드레 도이치 출판사의 홍보담당 직원인 카르멘이 부친 것이었다.

친애하는 헬레인,
6월 17일 케닐워스 호텔의 예약 기록에서 당신의
이름을 확인했어요. 도이치 출판사에서 얼마 떨어지지

않은 곳에 있는 호텔이니 그리 외롭다는 느낌이 들지
않을 거예요.

책은 6월 10일에 나와요. 당신이 그걸 지켜보지 못하는
게 아쉽지만 그래도 회복 중이시라니 기뻐요.

18일에 뵐 수 있기를 기대하고 있습니다.

예약에 혼선이 생기는 바람에 케닐워스 호텔과 컴벌랜드
호텔 양쪽에 모두 방을 잡게 되었다. 여행에 일가견이 있는
친구들의 조언에 따라 내가 도착할 때 한쪽에 방이 없을 경
우에 대비해서 객실 두 개를 계속 붙잡아 두었다. 그리고 케
닐워스 호텔에 먼저 가 보기로 했다. 그곳이 더 저렴했기 때
문이다.

두 번째 편지는 노라 도엘이 막판에 급히 보낸 것이었다.
〈채링 크로스 84번지〉는 나와 런던의 마크스 서점(Marks &
Co.) 및 특히 그곳의 구매담당자 프랭크 도엘 사이에 20년
동안 오갔던 편지들에 대한 이야기다. 프랭크 도엘이 갑자
기 세상을 떠나고 나서 그 책을 내게 되었다. 노라는 그의 아
내고 실라는 그의 딸이다.

헬레인,
실라와 내가 목요일 밤 10시에 히스로 공항으로 마중

나갈 거예요. 우리 둘은 굉장히 흥분한 상태랍니다.

즐거운 여행이 되기를.

노라

세 번째 편지는 〈채링 크로스 84번지〉를 읽은 영국인 독자에게서 온 것인데, 내가 최종적으로 언제 런던에 올 것인지를 묻는 편지였다. 내가 런던에 가겠다고 써 보낸 편지에 그가 다시 답장한 것이다.

저는 출판계에서 근무하다 퇴직하고 지금 런던
공항에서 일하고 있습니다. 부디 내가 도움이 될 수
있다면 나를 사용하십시오! 당신이 비행기에서
내리자마자 만나서 세관검사대 및 출입국신고소를
통과하는 과정을 도와드리겠습니다. 당신을 만나려는
지인들이 기다리고 있다 할지라도 입국심사 및 세관
절차를 거친 **다음** 만날 수 있습니다. 당신의 우아한
발이 영국 땅을 딛기에 앞서 비행기에서 내리는 당신을
내가 먼저 맞이하러 갈 겁니다.

나는 그의 계획이 어떤 것인지는 전혀 알지 못하지만 비행기에서 내리는 나의 우아한 발을 그가 잡아 주기를 무척

기대하고 있다. 가만, 내가 세관통관과 출입국신고에 대해 뭘 알고 있더라?

독자에게서 온 또 다른 편지는 옥스퍼드 대학의 어떤 미국인 교수의 부인에게서 온 것이었다. 그녀는 옥스퍼드에 있는 그들 가족을 방문해 달라고 나를 초청했다. 또 다른 편지 한 통은 내가 〈채링 크로스 84번지〉를 출판한 덕분에 만날 수 있었던 뉴욕의 은퇴한 여배우 진 일리(Jean Ely)에게서 온 것이었다.

친애하는 헬레인,

런던에 사는 내 친구에게 당신 이야기를 편지로 썼어요. 이튼 칼리지[2] 졸업생인데 내가 아는 사람 가운데 런던을 제일 잘 알거든요. 이런 식으로 그분께 폐를 끼친 적은 아직까지 단 한 번도 없었답니다. 그런데 이번만큼은 런던을 방문하는 당신을 위해 런던 구경을 시켜 줘야 한다고 부탁하는 편지를 썼지요. 팻 버클리라는 분이에요. 그 사람이 케닐워스 호텔로 당신을 찾아갈 거예요.

---

2 Eton College: 영국 버크서주 이튼에 있는 명문 사립 중등학교. 1440년 헨리 6세가 창설.

멋진 시간 보내라는 말은 하지 않겠어요. 멋진 일
말고는 달리 아무 일도 없을 테니까요.

진

추신: 일기를 꼭 쓰도록 하세요. 아주 많은 일이 일어날
테니. 일기가 없으면 그걸 다 기억하기 어려울 거예요.

나는 편지들 전부를 몇 번씩 읽었다. 여권과 예방접종 확
인서도 몇 번이나 확인했다. 누군가에게 받은 영국 동전들
도 요모조모 살펴봤다. 읽을 시간이 없어 내버려 두었던 항
공사 팸플릿에서 '여행 시 지참 물품 목록'을 읽었다. 목록
23개 중에서 나는 14개를 가지고 있지 않았다.

물빨래 가능한 드레스 세 벌
조끼 두 벌
장갑 두 켤레
작은 모자(들)
카디건 세트
모직 숄
이브닝드레스
이브닝 백

이브닝 슈즈

거들

내가 챙긴 건 바지정장 세 벌, 치마 두 벌, 스웨터와 블라우스, 흰색 블레이저 재킷과 드레스 한 벌이었다. 드레스는 실크로 만든 세련되고 비싼 제품이며 코트와 잘 어울려서 이브닝 파티에 참석할 때 입을 생각이었다.

여행자용 런던 지도를 꺼내 열심히 들여다보았다. 나는 지도를 겨우 볼 줄만 알았지 읽을 줄은 모르지만 관광 명소인 세인트 폴 대성당, 웨스트민스터 사원, 런던타워를 중심으로 걸어서 구경할 곳을 지도에 빼곡하게 표시해 놓았다. 명소 관광은 런던 체류 기간의 말미에나 가능하겠지. 그때쯤에는 오랫동안 서 있어도 될 정도로 회복되면 좋겠는데. 그래도 그사이에 런던을 끝에서 끝까지 걸어 볼 수 있을 거야. (나는 내가 계속 움직이는 한 괜찮다는 것을 알았다.)

마음이 차분히 가라앉으면서 행복해졌다. 어느새 영국 시간으로 오전 9시 50분이 되었고 5분 후에 히스로 공항에 착륙할 것이며 런던은 비가 내리고 있다는 기내 방송이 나왔다.

"겁먹지 마." 나는 마음을 추슬렀다. "노라와 실라가 마중 나와 있지 않거나 공항에서 일하는 그 팬이 오늘 내가 온다는 걸 잊어버리고 있으면 어떻게 할지는 그때 가서 결정하지 뭐."

나는 전화번호부에서 노라와 실라 도엘을 찾아 전화를 걸기로 작정했다. 그들이 전화를 받지 않으면 도이치 출판사의 카르멘을 찾아봐야겠다. 그녀가 전화를 받지 않으면 공항 사무실에 올라가 말해야겠지.

"실례합니다. 방금 뉴욕에서 도착했는데, 가방이 무거워 움직일 수가 없네요. 케닐워스 호텔이 어디인지 모르겠고 **길눈도 어둡거든요.**"

비행기가 하강하기 시작하고 승객들이 기내용 가방들을 챙기느라 왔다 갔다 했다. 내가 기내에 반입한 짐은 하나도 없었다. 나는 좌석에서 얼어붙은 채 아무도 마중 나오는 사람이 없으면 공항에 앉아서 다음 비행기가 뉴욕으로 출발할 때까지 기다렸다가 타고 돌아가기로 마음을 먹었다. 그 순간 인터컴에서 방송이 나왔다.

"한프 양을 찾습니다. 직원에게 와 주시겠어요?"

나는 벌떡 일어나 비어 있는 손을 들어 올리며(한 손은 언제나 바지를 추켜올려야 하니까.) 주위를 둘러보았으나 눈에 들어오는 직원이 없었다. 비행기에서 내리려고 줄을 서 있는 다른 승객들이 호기심 어린 눈으로 나를 쳐다보았다. 나는 상기된 얼굴로 안도하며 한 손으로 소지품을 움켜쥐고 서둘러 줄의 맨 뒤에 섰다. 나를 마중나온 사람이 있다는 것을 알게 되자 기쁨에 취한 나머지 현기증이 날 지경이었다. 내가 정말로 런던에 오게 되리라고는 꿈에도 생각지 못했는데, 결국 해낸 것이다.

나는 기내를 빠져나가고 있는 승객들에게 작별 인사를 건네고 있는 스튜어디스에게 다가가 내가 바로 한프 양이라고 말했다. 그녀가 비행기 트랩 아래쪽을 가리키며 말했다.

"저 신사가 당신을 기다리고 있습니다."

그리고 거기에 그가, 키 크고 우람한 블림프 대령이 환하게 웃으며 양손을 벌리고 나의 우아한 발이 영국 땅에 딛기를 기다리고 있었다. 나는 그를 만나러 트랩을 내려가면서 생각했다.

"진의 말이 옳아. 계속 일기를 써야겠어."

채링 크로스 로드

베드퍼드 스퀘어

마크스 서점

러셀 스퀘어

런던타워

글로브 극장터

클라리지 호텔

윈저성

이튼 칼리지

세인트 제임스 파크

6.17~6.27

침대 헤드에 붙어 있는 라디오에서 들리는 BBC 방송이 지금 막 잘 자라는 밤 인사를 고한다. 이곳에서는 라디오 방송도 자정이 되면 침대에 든다.

무사 도착 완료.

"헬레인 작가님!" 대령이 내 뺨에 키스하느라 몸을 구부리며 굵직한 목소리로 불렀다. 우리가 전에 한번도 만나 본 적 없는 사이라는 것을 아무도 믿지 않았으리라. 대령은 잿빛 눈썹에 구레나룻이 짙었고 얼굴에는 기쁜 빛이 가득한 거한으로, 걸을 때는 엄청나게 나온 배가 앞장을 섰다. 그는 손잡이를 빼서 곧추세워 놓은 내 가방을 살펴보려고 성큼 다가갔다. 키플링의 소설에 등장하는 영국 신사 같았다. 그는 수레에 가방을 실은 짐꾼을 데리고 돌아와서는 내 어깨에 팔을 두르고 입국심사대 및 세관검색대를 통과했다. 그는 걸어가면서 검색대 뒤에 있는 남자에게 "내 친구요."라고 친근하게 말했고, 그것만으로 입국심사 및 세관 절차는 끝났다.

"그럼 이제, 마중나온 분들을 만나야죠?" 그가 말했다.

나는 그에게 노라와 실라 도엘이 여기 어딘가 있을 것이라고 말했다.

"그분들이 어떻게 생겼지요?" 그가 입국장 대기선 뒤로 북적이는 사람들을 훑어보며 물었다.

"몰라요." 내가 말했다.

"그분들이 당신 사진을 갖고 있나요?" 그가 물었다.

"아뇨." 내가 말했다.

"그렇다면, 헬레인 양!" 그가 걸걸한 목소리로 말했다. "그분들을 어떻게 찾으려고 했습니까? 여기서 기다려 보세요."

그는 안내소 앞에 나를 세워 놓고 성큼성큼 자리를 떴다. 잠시 후 확성기에서 도엘 부인은 안내소로 와 달라는 방송이 들리더니 예쁜 검은 머리 부인이 대기선 아래로 불쑥 나타나 내게 직진해 장미 다발을 내밀며 뺨에 키스를 했다.

"실라가 바로 당신이라고 말했어요!" 노라의 말투에서 아일랜드 악센트가 진하게 묻어났다. "우린 비행기에서 내리는 여성 한 분 한 분을 다 지켜봤죠. 내가 그랬어요. '저 부인은 너무 금발이야.' '저분은 니무 평범해.' 실라가 바로 이어서 말했어요. '저기 키가 작고 청색 바지 정장을 입은 분인 것 같아. 완전 멋진 분이네.'"

대령은 열정적으로 자기소개를 했다. 우리는 노라의 차로 걸어 나갔다. 노라와 실라는 앞에 타고 나는 뒷좌석에 탔다. 대령은 자신이 앞서고 실라가 뒤따라오는 것을 바라지 않는다면 자기 차로 뒤에서 따라가겠다고 말했다. 실라가 컴벌랜드 호텔로 가는 길을 알고 있는지도 물었다.

"케닐워스 호텔이에요." 내가 정정했다. 두 호텔에 방을 잡게 된 사연에 대해 내가 설명을 하자 대령은 깜짝 놀란 눈으로 나를 쳐다보았다.

그가 큰 소리로 말했다. "흠, 그렇다면, 생면부지의 컴벌랜드 호텔 투숙객에게 예쁜 장미가 가득한 방을 내줄 수는 없지!"

그는 자신이 잘못 배달시킨 장미를 되찾기 위해 컴벌랜드 호텔을 향해 떠나고 나는 노라가 준 장미를 팔로 안고 케닐워스 호텔을 향해 출발했다. "장미였어, 장미, 언제나."[1] 라는 문장을 누가 썼는지 기억해 내려고 머리를 쥐어짰다.

우리가 고속도로를 달리는 동안 날이 저물고 비가 내리

---

1 "It was roses, roses, all the way." 영국 빅토리아 시대를 대표하는 극작가이자 시인 로버트 브라우닝(Robert Browning, 1812-1889)의 시 〈The Patriot〉의 첫 연.

기 시작했다. 내가 평생을 보고 싶어 하던 그 도시가 아니라 엉뚱한 도시로 가는 고속도로일지도 모른다는 생각이 언뜻 들었다. 노라는 내내 자기와 실라는 북런던에 살아서 함께 묵지 못한다고 설명했다. ("프랭크는 늘 '당신은 우리와 함께 묵을 것'이라고 말했어요!") 우리가 런던에 들어섰을 때 두 사람이 모두 표지판을 가리켰다.

"저쪽으로 가면 피커딜리!"

"이쪽으로 가면 웨스트 엔드."

"이쪽으로 가면 리젠트 스트리트." 그리고 마지막으로 실라가 표지판을 가리켰다.

"당신은 지금 채링 크로스 로드(Charing Cross Road)를 달리고 있는 거예요, 헬렌!"

나는 적당한 이야깃거리를 찾느라 어둠 속을 뚫어져라 내다보았으나 비에 젖은 좁은 길과 불이 켜진 몇몇 옷가게 쇼윈도만이 보일 뿐이었다. 시내 중심가인 클리블랜드일 가능성이 있었다.

"여길 왔네요." 내가 말했다. "내가 런던에 왔어. 내가 해냈어요." 그런데도 아직 비현실적인 느낌이 들었다.

우리는 계속 달렸고 블룸즈버리에 이르러 어두운 거리 모퉁이에 있는 케닐워스 호텔을 발견했다. 한때 화려함을 뽐냈을 로비가 딸린 오래된 적갈색 사암의 호텔이라 분위기가 나에게 딱 어울릴 것 같았다.

숙박부를 작성하자 접수대 젊은 안내원이 내게 편지를 몇 통 건네주었다. 그러고 나서 노라와 실라, 그리고 나는 엘리베이터를 타고 올라가 352호실을 살펴보았다. 실내는 쾌적했고 창문에 드리운 휘장이 빗줄기를 가리고 있었다. 노라가 문간에서 꼼꼼히 훑어보더니 단언했다.

"너무 좋아요, 헬렌(Helen)."

"내 이름은 헬레인(Helene)이잖아요." 내가 말했다.

그녀는 멈칫했지만 대수롭지 않다는 표정이었다.

"나는 당신을 20년 동안 '헬렌'이라고 불러 왔거든요." 노라가 욕실을 들여다보면서 말했다. 욕실에는 욕조가 없고 샤워 부스만 있었다. "여기 봐, 실라. 전용 루(loo)가 있어!"

루는 화장실이다. 실라는 그것이 워털루(Waterloo)에서 왔다고 생각한다.[2]

방을 나와 적막한 로비에 다시 내려가 보니 잔뜩 열을 받은 대령이 우리를 기다리고 있었다. 그는 자신이 보낸 장미가 컴벌랜드 호텔의 물품 보관소 바닥에서 반쯤 시든 채 놓여 있는 것을 발견하고 호텔 직원과 한바탕 말다툼을 벌이

---

2   'loo'는 스코틀랜드에서 2층 창문에서 오물을 버릴 때 보행자에게 주의를 주기 위해 외치던 말인 'gardyloo!'(물이다, 조심해)'에서 온 표현.

고 온 참이었다.

우리 일행은 아직 영업 중이지만 손님이 한 명도 없이 텅비어 있는 식당으로 들어갔다. 대령은 알바로라는 이름의 젊은 스페인 웨이터를 발견하고는 샌드위치, 그리고 홍차와 커피를 주문할 수 있는지 물었다.

"당신도 담배를 많이 피우는군요, 헬렌." 주문을 마친 노라가 판결을 언도하듯 말했다.

"알고 있어요." 내가 말했다.

"게다가 당신은 너무 말랐어요." 그녀가 이야기를 계속했다. "무슨 놈의 의사가 그렇게 할 수 있는지 알다가도 모르겠어요. 수술 후에 당신을 그렇게 급하게 멀리 오게 하다니. 자궁절제는 아주 큰 수술인데."

"그렇죠, 엄마." 실라가 대학생다운 말투로 조심스럽게 말했다. 실라와 노라는 서로 눈길을 교환하더니 노라가 킥킥거렸다. 그들은 굉장하다. 그들만의 코드로 이야기를 나누고, 서로의 문장을 완성시켜 준다. 노라가 계모라는 사실을 사람들은 결코 짐작도 못 할 것이다. 실라는 20대의 매력적인 아가씨로 말수가 적고 조용하다. (노라는 실라가 "꼭 프랭크 같다."고 내게 말했다.)

노라는 자신과 대령 모두 2년 전에 홀몸이 되었다는 사실에 무척 놀라워했다. 대령에게는 이번 주 토요일에 시골에서 결혼할 예정인 딸이 하나 있다고 한다.

"그럼, 세 숙녀께서도 예쁜 드레스 차려입고 결혼식에 와주시지요?" 그가 호탕하게 초청했다. "대단한 결혼식이 될 겁니다!"

나는 거절했고, 내가 가지 않을 것이 확실한데 자신이 참석하는 건 말이 안 된다고 생각하는 노라 역시 재치 있게 거절했다. (나와 둘만 있는 자리에서 노라는 이렇게 말했다. "나는 그를 몰라요, 헬렌." 나도 그렇다고 말했다. "누가 그를 안담?")

그들은 11시에 자리를 떴다. 노라는 나더러 내일은 쉬라며 토요일 인터뷰와 관련해 전화를 하겠다고 말했다. ("우리는 BBC와 인터뷰를 하기로 되어 있답니다! 독자들이 우리를 아주 유명인사로 만들어 줬어요!")

대령은 일주일 동안 시골에 있다가 돌아오면 나에게 전화해서 "즐거운 시골에 잠깐 여행을 다녀올 수 있도록 일정을 잡겠다."고 말했다.

나는 객실에 올라와 간단하게 짐 정리를 마친 다음 편지를 들고 침대에 들었다. 고향에서부터 오래 알고 지낸 에디와 이저벨에게서 온 엽서였다.

그들은 월요일에 시내로 와서 나를 태우고 관광을 시켜줄 예정이다.

도이치 출판사의 카르멘에게서 온 메모,

어서 오세요!

무척 피곤하실 텐데 우리가 내일 오전 10시에
출판사에서 당신을 만날 때 〈이브닝 스탠더드〉 기자 한
명도 자리를 함께하게 된다는 말씀을 드리게 되어서
송구스럽군요. 10시 이전에 당신을 모셔 올 수 있도록
사람을 보낼게요.

토요일 2:30에 BBC 〈금주의 세계〉에서 당신과 도엘
부인 인터뷰를 하길 바라고 있어요.

월요일 3:30에 〈여성의 시간〉에서 인터뷰, 역시
방송국에서.

화요일엔 마크스 서점(영업은 중지했지만 아직 그
자리에 있답니다. 우리는 거기서 당신 사진을 찍고
싶어요.)을 포함한 서점들 방문, 그리고 2:30에
이웃 서점인 채링 크로스 86번지의 풀 서점(Poole's
Bookshop)에서 저자 사인회.

화요일 저녁 당신이 도이치 출판사 임원진과 저명한
기자 한 분을 만날 수 있도록 앙드레 도이치 씨가
만찬 자리를 마련합니다.

일정을 기억해 두는 것만으로는 마음이 안 놓인 나는 침대에서 내려와 수첩을 꺼내 매일의 일정표를 만들었다. 내가 사진기 앞에 서 본 적이 없다는 이야기도 카르멘에게 어떻게 전달해야 할지 갈피를 못 잡겠다. 내 얼굴이 마음에 들지 않기 때문에 나로서는 무척 신경이 쓰인다.

나는 지금 빗소리를 들으며 누워 있다. 모든 일이 비현실적이다. 나는 어디에도 없을 쾌적한 호텔 방에 있다. 오랜 기다림 끝에 마침내 런던에 있다는 사실이 도무지 현실 같지가 않다. 그저 허공에서 떨어지는 느낌이고, 이곳저곳을 다 둘러볼 필요는 없다고 소곤대는 소리가 마음속에서 들린다.

8시에 알람이 울렸다. 침대에서 나와 창가로 가 아직도 비가 내리는지 내다보았다. 커튼을 열어젖혔다. 그리고 나는 평생 그 순간을 잊지 못할 것이다. 길 건너로 흰색 현관 계단이 딸린 좁은 벽돌집들이 단아하게 열 지어 앉아서 나를 올려다보고 있었다. 더도 덜도 아닌 18세기와 19세기의 규격화된 주택 양식으로 지어진 평범한 집들이었다. 하지만 그 집들을 바라보면서 나는 내가 런던에 있다는 사실을 깨달았다. 순간 머리가 아찔해지면서 저 거리로 뛰쳐나가고 싶어 안달이 났다. 나는 옷을 움켜쥐고 맹렬한 기세로 욕실로 내달렸고, 지금까지 본 것 중 가장 희한하게 생겨 먹은 샤워기를 상대로 질게 뻔한 싸움을 한판 벌이기 시작했다.

칸막이가 달린 사방 1.2미터쯤의 좁은 샤워 부스에는 뒤쪽 한 귀퉁이를 향해 고정된 샤워기 하나가 달랑 매달려 있었다. 샤워 꼭지를 틀면 차가운 물이 나온다. 샤워를 하려면 우선 꼭지를 계속 틀어 놓고 기다리다가 물이 적당히 따뜻하게 나오기 시작할 때 최대한 틀어 놓는다. 그러고는 부스 안으로 들어가 뒤쪽 구석에서 몸을 구부리고 물을 뒤집어쓰다가 비누를 떨어뜨리는 바람에 미용실에서 손질한 머리 모양이 망가졌고, 15달러의 미용비는 물줄기와 함께 하수구로 빠져나갔다. 거센 물줄기에 샤워캡이 달아나 버렸기 때문이다. 샤워 꼭지를 잠그고 1.2미터 물웅덩이 속을 첨벙거리며 빠져나올 수 있던 것만으로도 기쁠 지경이었다. 욕조용 매트 하나와 목욕 타월 두 장으로 욕실 바닥의 물을 닦은 다음 그 물을 쥐어짜고, 다시 닦고 물을 짜내는 과정을 반복하며 욕실을 치우는 데 15분이 걸렸다. 욕실 문을 닫아 놓아서 그나마 다행이었다. 그러지 않았으면 가방도 닦아야 할 뻔했다.

아침을 먹고 그 집들을 보러 빗속에 밖으로 나갔다. 호텔은 그레이트 러셀 스트리트(Great Russell Street)와 블룸즈버리 스트리트(Bloomsbury Street)가 만나는 곳에 있다. 정문은 상점가인 그레이트 러셀 스트리트를 향해 나 있고, 내가 창문으로 내다본 집들은 블룸즈버리 스트리트에 속했다.

나는 천천히 거리를 따라 걸으며 건너편의 집들을 유심히 살펴보았다. 모퉁이에 도달하자, 베드퍼드 스퀘어(Bedford Square)라는 작고 비밀스러운 공원이 나왔다. 공원을 둘러싸고 양옆과 뒤쪽으로 더 많은 숫자의 단정하고 좁은 벽돌집들이 줄지어 있었다. 훨씬 더 예쁘고 아주 잘 관리된 집들이었다. 나는 공원 벤치에 앉아 그 집들을 가만히 바라보았다. 몸에 전율이 일었다. 평생 이렇게 행복했던 적은 없었다.

지금까지 살아오면서 나는 늘 런던이 보고 싶었다. 그래서 이런 집들이 늘어서 있는 거리를 보려는 일념으로 영국 영화를 보러 가곤 했다. 어두운 극장에서 스크린을 뚫어져라 쳐다보고 있으면 그 거리를 걸어 보고 싶다는 갈망이 굶주림처럼 나를 덮쳐 왔다. 때로는 저녁에 집에서 해즐릿[1]이나 리 헌트[2]가 런던의 일상을 묘사한 글을 읽다 보면 향수병을 앓는 것과도 같은 간절한 그리움이 밀려들어 황급히 책을 내려놓고 숨을 깊이 들이마시기도 했다. 노인들이 죽기 전에 고향을 보고 싶어 하듯 나는 런던을 보고 싶어 했다. 셰익스피어와 똑같은 언어를 사용하는 나라에서 태어난 작가와 애서가들에게는 이런 일이 자연스러울 거라고 나는 마음속으로 되뇌곤 했다. 하지만 베드퍼드 스퀘어의 벤치에 앉

---

1 William Hazlitt, 1778-1830: 영국의 수필가, 비평가.
2 Leigh Hunt, 1784-1859: 영국의 평론가, 시인.

아서 내가 생각하고 있었던 것은 셰익스피어가 아니라 메리 베일리(Mary Bailey, 1807–18??)였다.

나의 조상은 베일리라는 영국 퀘이커교도 가문을 포함해 많은 피가 섞였다. 베일리 가문의 딸로 1807년 필라델피아에서 태어난 메리는 내가 아주 어렸을 때 관심이라는 걸 가져 본 유일한 조상이었다. 그녀는 자수 견본 작품 하나를 남겼고, 나는 그녀가 어떤 사람인지 내게 알려 주기를 기대라도 하듯 그 자수 작품을 뚫어져라 들여다보고는 했다. 무엇 때문에 알고 싶었는지는 나도 모른다.

베드퍼드 스퀘어에 앉아서 나는 메리 베일리가 필라델피아에서 태어나 버지니아에서 세상을 떠났으며, 런던에는 한 번도 와 본 적이 없었다는 사실을 기억해 냈다. 그런데도 그 이름이 머릿속에서 계속 맴돌았다. 아마도 그녀와 이름만 같은 사람이었겠지. 고국으로 다시 돌아가고 싶었던 사람은 그녀의 할머니나 증조할머니였을 것이다. 그곳에 앉아서 내가 알게 된 것이라곤 오래전에 세상을 떠난 어떤 메리 베일리 같은 사람을 대신해 그녀의 후손이 마침내 고국에 왔다는 사실이다.

나는 숙소로 돌아와 옷을 신경 써서 차려입었다. 이러면 도이치 출판사에 좋은 인상을 줄 거야. 네이비 슈트 재킷(이걸 입으면 미국에서 온 사람이라고는 절대 안 보이겠지)에

솔질을 하고 빨강-하양-파랑 스카프를 애스콧타이처럼 목에 둘러 보며 30분을 보냈다. 이렇게 하면 영국인으로 보일 거야. 그러고는 로비로 내려가 그레이트 러셀 스트리트 위쪽으로 세 집 건너에 있는 도이치 출판사까지 나를 안내하기 위해 올 젊은 직원을 기다렸다. 직원이 언제 문을 열고 들어올지 알 수 없었으므로 출입문 옆 의자에 꼿꼿이 앉아 있었다. 움직이면 매무새가 흐트러질까 봐.

카르멘을 만났다. 무척 활달하고 유능하고 인상적인 용모의 소유자였다. 나는 〈이브닝 스탠더드〉의 발레리 젠킨스라는 발랄한 젊은 기자와 인터뷰를 했다. 인터뷰가 끝난 뒤 카르멘, 발레리 그리고 사진기자까지 함께 택시에 끼어 탔다. 카르멘이 기사에게 말했다.

"채링 크로스 84번지."

내가 지금 그 주소로 가고 있는 중이라는 걸 알게 되자 마음이 조마조마했다. 20년 동안 나는 채링 크로스 84번지에서 책을 구입해 왔다. 그곳에 있는 사람들과 친구가 되었으나 한번도 만난 적은 없었다. 내가 마크스 서점에서 샀던 책들은 뉴욕에서도 구할 수 있는 것이 대부분이었다. 친구들은 오랫동안 내게 "오몰리(O'Malley's) 서점에 가 봐.", "도버&파인(Dauber & Pine)에 한번 가보라니까."라는 조언을 해줬다. 나는 한번도 그렇게 하지 않았다. 나는 런던과 이어지기를 원했기에 어떻게든 그 연결고리를 놓치지 않으려고 애를 썼다.

폭이 좁고 차량들로 꽉 막혀서 복잡한 채링 크로스 거리에는 중고서점들이 즐비했다. 서점 앞 가판대에는 낡은 책과 잡지들이 쌓여 있고, (책을 사랑하는) 평화로운 영혼들이 안개비 속에서 책을 뒤적거리며 둘러보고 있었다.

우리는 84번지에서 내렸다. 도이치 출판사가 창가 쪽에 책을 가득 쌓아놓았다. 그 창문 너머로 서점 안은 깜깜하고 아무것도 없는 것처럼 보였다. 카르멘은 바로 옆 풀 서점에서 열쇠를 가지고 와서 우리를 한때 마크스 서점이었던 곳의 내부로 안내했다. 두 개의 큰 방이 다 뜯겨 있었다. 두꺼운 참나무 서가까지 벽에서 철거돼 먼지를 뒤집어쓴 채 바닥에 쓰러져 있었다. 나는 위층으로 올라갔다. 역시 텅 비어 있는 방들에서 귀신이 나올 것 같았다. 창문에 붙인 마크스 서점이라는 글자들은 떨어져 나갔고, 남은 두어 개의 글자는 흰색 페인트가 벗겨진 채 창턱 위에 누워 있었다.

나는 아주 여러 해에 걸쳐 편지를 주고받았던 남자, 지금은 죽고 없는 그 남자를 머릿속에 떠올리며 다시 아래층으로 내려가기 시작했다. 중간쯤 내려오다 나는 난간을 잡고 그에게 조용히 속삭였다.

"어때요, 프랭키? 내가 드디어 왔답니다."

우리는 밖으로 나왔다. 나는 다소곳이 거기 서서 줄곧 그러고 있었던 것처럼 사진을 찍었다. 그렇게 나는 좋은 인상을 주고 아무에게도 폐를 끼치지 않으려고 신경을 쓴다.

호텔로 돌아오니 책상 위에 편지 한 통이 와 있었다. 은퇴한 여배우 진 일리가 나에 대해 미리 편지로 일러두겠다고 했던 이튼 칼리지 출신의 팻 버클리에게서 온 편지였다.

거두절미하고 본론,

진 일리가 편지로 당신이 이곳을 처음 방문한다는
편지를 보냈더군요. 일요일 7시 30분에 여기서
저녁 식사를 함께할 수 있는지요? 그리고 런던 옛
시가지를 드라이브하면서 좀 구경시켜 드릴까 합니다.
토요일이나 일요일 오전 9시 30분 전에 전화 주시기를.

이만 총총
P. B.

완전히 어리벙벙.

아침 식사를 하고 방으로 올라오자마자 팻 버클리에게 전화했다. "아, 예." 그는 본토 영국 악센트로 말했다. "할로."

난 그에게 내일 저녁에 식사를 하면 좋겠다고 말하고 다른 사람들도 참석하는지 물었다.

"당신에게 만찬회를 열어 주려는 건 아닙니다!" 그가 성마른 목소리로 대꾸했다. "당신이 런던을 구경하고 싶어 한다고 편지에서 진이 그랬거든요!"

나는 우리 둘이서만 보게 되어 기쁘며, 단지 드레스코드가 있는지 간신히 더듬거리며 묻고, 그와 나 둘뿐이라면 바지 정장을 입어도 되겠다고 말했다.

"오, 이런. 꼭 그래야만 하겠어요?" 그가 말했다. "여자가 바지 입는 거 딱 질색입니다. 아마도 내가 구식이라서 그렇겠지만 여자들이 바지를 입으면 정말이지 끔찍해 보인다고 생각해요. 어, 음. 당신이 굳이 입을 생각이라면 그래야겠죠."

기온이 10도에 비가 내리고 있다. 나는 그를 위해서 치마를 입지는 않을 작정이다. 그때 노라에게서 전화가 왔다. 그녀가 인터뷰를 위해서 오늘 오후 2시에 나를 태우러 오겠다는 것이다.

"헬렌, 대영박물관이 코앞에 있잖아요." 그녀가 말했다. "박물관 열람실에 가서 앉아 있어요. 무척 편안한 곳이에요."

박물관이라면 뉴욕에서 충분히 봤고, 도서관 열람실에도 질리도록 앉아 있다는 사실은 신께서도 알고 있다고 노라에게 말해 줬다.

이제 빗속에 나가 부지런히 블룸즈버리를 구경해야겠다.

———— **한밤중**

노라와 나는 방송국에서 인터뷰를 했다. 그곳은 내가 여기서 본 유일한 현대식 대형 건물인데 이런 건 안 보면 좋겠다. 그곳은 괴물이다. 거대한 반원형 화강암 덩어리인 그 건물은 비대해 보인다. 여기 사람들은 마천루를 모른다. 뉴욕에서 사람들은 마천루밖에 모른다.

인터뷰 진행자는 아주 깐깐했다. 그녀는 먼저 라디오 청중에게 노라와 내가 스무 해 이상 한번도 만나지 않고 편지를 주고받았다고 소개했다. 그러고 나서 우리를 돌아보고는 우리가 서로에 대해 어떻게 생각하는지를 질문했다. 내용인즉슨, 우리가 만나서 실망을 하지는 않았는지? 우리가 서신 왕래를 하지 않고 그냥 만났다면 서로를 좋아했을지? 등등.

"아니, 나한테 무슨 그런 걸 물어보고 그런대요?" 나오면서 노라가 물었다. "우리가 방금 만나 처음 인사를 나눈 사이라면 내가 당신을 좋아할지, 안 좋아할지를 어떻게 알겠어요? 난 당신을 20년 동안이나 알고 지냈잖아요, 헬렌!"

노라는 나를 태우고 포틀랜드 플레이스를 빠져나가 내가 첫눈에 홀딱 반한 리젠트 파크를 지나갔다. 윔폴 스트리트(Wimpole Street)와 할리 스트리트(Harley Street)도 통과했다. 그리고 나는 마치 금속 컨테이너에 갇혀 빠져나올 수 없을 것 같은 기분을 느끼며 그 '자동차' 안에 있었다. 하지만 밖에는 비가 내리고 있었다. 날씨가 개는 대로 가장 먼저 그곳을 둘러보러 가야지.

그 동네는 리젠시 양식의 대표적 건축가 존 내시(John Nash)가 지은 주택들이 초승달 모양으로 늘어서 있었다. 내시가 어느 시기의 인물인지 나는 잘 모르지만 그는 댄디즘의 진수를 보여준 보 브러멜(George Bryan "Beau" Brummell)이나 사치스러웠던 티즐 부인(Lady Teazle)의 분위기가 풍기는 높고 호화로운 하얀 저택들을 지었다. 비가 잠시 그쳤을 때 우리가 차에서 내려 공원의 벤치에 앉아 있었던 덕에 나는 집들이 죽 늘어서 있는 초승달 모양의 거리를 뚫어져라 볼 수 있었다. 우리는 만약 다음 세상에 부자로 태어나게 되면 사들이고 싶은 집을 골라 보았다.

노라는 자신이 아일랜드 출신이며 전쟁 전에 가정부 일을 하려고 런던으로 온 가난한 아가씨였다는 이야기를 내게 들려주었다. 그녀는 상류층 가정의 주방에서 일하며 오이 샌드위치를 만들 때 사용할 빵을 종이처럼 얇게 썰었다.

노라는 저녁을 대접하기 위해 나를 태우고 하이게이트에 있는 그녀의 집으로 차를 몰았다. 프랭크가 죽고 작은 딸이 결혼한 뒤 노라와 실라는 그곳의 집을 한 채 샀다. 그녀의 집으로 가는 길에 햄스테드 히스를 지났다. 노라는 카를 마르크스가 묻힌 묘역에서 차를 세웠다. 하지만 묘지로 들어가는 문은 잠겨 있었다. 나는 담 너머로 마르크스를 바라보았다.

그녀들의 집은 북런던 교외의 장미꽃이 만개한 아름다운 공원 지역에 자리잡고 있었다. 집집마다 활짝 핀 장미 정원이 있고, 그곳의 장미들은 뉴잉글랜드의 가을처럼 색깔이 현란하다. 빨강과 분홍, 노랑뿐만 아니라 자주색 장미, 파란색 장미, 보라색과 오렌지색 장미들. 색깔마다 각기 다른 향기를 지니고 있어, 나는 노라의 정원을 돌아보며 향내에 취해 격한 감정에 휩싸였다.

우리는 진한 영국식 클로티드 크림(clotted cream)을 곁들인 딸기를 디저트로 먹었다. 마지막 남은 딸기 하나를 보더니 노라가 비통한 얼굴로 실라를 쳐다보며 말했다.

"'절대로 못 해'가 또 나왔어, 실라!"

노라는 딸기를 먹을 때면 옛 동요에 맞춰 자신이 다시 결혼하게 될 때를 점치곤 한다. 딸기를 먹는 순서대로 "올해, 내년, 언젠가, 절대로 못 해"가 되는데, '절대로 못 해'가 나오면 실라는 노라를 달래 주어야만 했다. 실라는 노라의 의붓딸임에도 오히려 엄마처럼 노라를 챙겼다.

노라는 나를 위해 싱싱한 장미를 한아름 꺾어 주고, 실라가 나를 숙소에 데려다 주었다. 실라는 교외의 어느 학교 교사다. 그녀가 데이트하는 남자는 두 사람이었다. 내 생각에 두 명 다 그녀에게는 따분했고, 그래서 실라는 아직도 결혼하고 싶은 남자를 만나지 못한 것 같다.

〈이브닝 스탠더드〉와의 인터뷰 덕분에, 내가 로비에 들어서자 그곳은 온통 흥분의 도가니가 되었다. 호텔 직원이 나를 위해 신문 한 부를 챙겨 주었다.

일부 발췌하면,

그녀는 삭스 백화점의 시크한 네이비 블루 슈트에
프렌치 스타일의 풀라드타이를 매치한 아주 단정한
차림으로 런던에 발을 들여놓았다.

죽기 살기로 영국식 애스콧타이를 맸는데 프렌치 스타일
이라니. 내가 하는 일이 다 그렇지 뭐.

누가 나더러 시크하다고 하면 내가 얼마나 기이하게 느
끼는지 다른 사람들은 아마 상상도 못 할 거다. 나는 평생 비
슷한 스타일의 옷을 입었고, 최근 수년간은 어지러운 보헤
미안 스타일로 보이는 옷을 입는다. 한 예로 첫째 올케 앨리
스는 해마다 크리스마스에 나에게 선물할 숄더백을 찾아내
느라 진땀을 흘리곤 했다. 내가 핸드백을 들지 않으려 하는
데다, 숄더백을 메려는 사람이 아무도 없어서 그 어느 제조
업자도 숄더백은 만들지 않기 때문이다. (핸드백을 들고 다
니려면 지갑과 안경, 담배 가운데 선택을 해야 한다. 세 가지
중 두 개만 골라야 가방을 닫을 수 있겠지 싶다.) 걷기를 좋
아하는 터라 하이힐도 신으려 하지 않는다. 발이 아프면 걸
을 수 없으니까. 그리고 나는 청바지와 슬랙스만 입는다. 스
커트는 겨울에 바람이 술술 들어오는 데다 걸을 때 거추장
스럽다. 게다가 바지를 입고 있으면 스타킹의 올이 풀려도
아무도 알아채지 못한다.

오랫동안 나는 이렇게 패션테러리스트로 살면서 굽 낮은 신발을 신고 바지와 숄더백 차림으로 뛰어다녔다. 나는 여전히 그런 옷차림을 고수하고 있다. 그리고 평생을 그런 식으로 대세에서 완전히 벗어나 있던 내 바지 정장이 〈이브닝 스탠더드〉에서 대대적인 호평을 받았던 것이다.

아침 식사 후에 지도를 들고 힘차게 출격하여 블룸즈버리를 구경했다. 몇 번이나 길을 잃었는지 모른다. 도로가 반드시 사람이 서 있는 곳의 왼쪽에 있는 건 아닌데도 지도상으로 보면 왼쪽에 있는 것처럼 보이기 때문이었다. 지나가던 신사들 여럿이 우산 속을 벗어나 내가 가고자 하는 장소를 알려 주었다.

점심때가 지나자 날이 갰다. 나는 지금 인근의 한 공원에서 안개에 흠뻑 젖은 데크 체어에 누워 있다. 호텔에서 엎어지면 코 닿을 곳에 손바닥만 한 공원이 세 곳 있다. 이 공원은 대영박물관 바로 너머에 있다. 출입문에 붙어 있는 표지판 문구:

러셀 스퀘어
쓰레기를 버리지 마시오.
반려견 동반 시에는 잘 관리해 주시기 바랍니다.

러셀 스퀘어 한가운데의 장미 정원은 매우 실용적으로 보이는 새 목욕터를 에워싸고 있다. 대리석으로 된 판석의 중앙에서 물이 가늘게 솟아 나오는 새 목욕터는 새가 물에 빠지지 않고 가장자리에 서서 물을 마시거나, 깃털을 적셔 목욕을 할 수 있다. 바라건대 그것을 설계한 이가 누구든 영국의 샤워기 문제를 해결하는 일에 착수하시라.

제복을 입은 나이 지긋한 신사가 다가와 인사를 하며 말을 건넸다.

"4펜스입니다."

데크 의자 사용료란다.

그는 날씨가 좋지 않아 이곳에 그와 나밖에 없다는 사실을 안타까워했다. 나는 비가 내리는 것이 장미에 유익하다고 말했고, 그는 런던의 여러 공원에서 일하는 정원사들이 가장 훌륭한 장미를 키웠다는 영예를 차지하기 위해 매년 실력을 겨루고 있다고 말했다.

"올해는 우리 러셀 스퀘어의 정원사가 차지할 겁니다." 라고 그가 말했다. 나는 그의 말을 거들어 러셀 스퀘어의 정원사를 반드시 응원하겠다고 했다.

팻 버클리를 만나려면 네이비 슈트를 입고 가야 한다. 아니면 날씨도 궂은데 어깃장을 놓고 싶은 마음에 두 번째로 괜찮은 옷인 커피브라운색 슈트를 입게 될지도 모르겠다.

난 지금 한 시간 넘게 넋 놓고 침대가에 걸터앉아 있다. 나는 하늘에 대고 이렇게 말했다. 내가 오늘밤에 죽어야 한다면 기꺼이 죽겠노라고. 모든 것이 여기에 다 있으므로.

팻 버클리는 러틀랜드 게이트에 살고 있다. 내가 들고 있는 관광지도 왼쪽 끝자락의 나이츠브리지(Knightsbridge) 혹은 켄징턴 아래쪽에 있는 곳이라 나는 택시를 탔다. 러틀랜드 게이트는 초목이 우거진 광장을 중심으로 자리잡은 소규모의 흰색 석조주택 단지다. 런던의 모든 것은 초록색 광장에 둘러싸여 있고, 그 녹지들은 런던의 모든 곳에 있는 자그마한 오아시스 같은 존재다.

그의 집은 아파트 1층이었다. 벨을 누르자 그가 문을 열며 말했다.

"할로, 집을 잘 찾아오셨네요."

팻 버클리는 약간 마른 체구와 여윈 얼굴에 나이를 가늠하기 어려운 남자였다. 경쾌하다 못해 귀에 거슬릴 지경의 영국인 목소리에, 예의 바르지만 속마음을 드러내지 않는 사람. 그는 나의 재킷을 받아들고 오스카 와일드풍의 응접실로 나를 안내했다. 한쪽 벽에 궁정 예복을 차려입은 그의 어머니 전신 초상화가 걸려 있다. 다른 쪽 벽에는 그가 수집

하는 남성용 명함 케이스들을 보관하는 유리 수납장이 있다. 작은 사각형 상자로 된 명함 케이스들은 금이나 은, 진주를 박은 마노, 얇게 세공한 금줄로 장식한 상아로 된 것 등 어느 하나도 비슷한 모양이 없었다. 명함 케이스 수집은 그의 취미이고 그 소장품들은 눈부셨다.

팻 버클리가 나에게 셰리주를 건넸다. 이튼 칼리지가 명성이 자자한 학교라는 걸 알았다고 말하자 그는 이튼 졸업 앨범을 가져와서 그가 공부했던 교실 사진들을 보여주었다.

우리는 그의 식당에서 저녁 식사를 했다. 윤이 나는 마호가니 테이블에는 투박하고 무거운 영국제 은식기 세트가 갖추어져 있었다. 그는 '출퇴근 가사도우미'를 고용하고 있어서 그녀가 그와 손님들을 위해 차갑게 먹을 수 있는 요리들과 커피로 저녁 식탁을 준비하고 퇴근한다. 식탁 세팅은 왼쪽에 포크, 오른쪽에 나이프와 스푼을 놓는 점이 미국의 가정과 똑같았다. 하지만 어패류를 먹을 때 사용하는 가느다란 포크와 수프용 스푼은 정찬용 접시 위에 가로 방향으로 놓았다. 나는 그가 먼저 먹도록 해서 그것들을 어떻게 사용하는지 봐두었다.

우리는 치킨 샐러드를 먹은 다음 크림을 곁들인 딸기를 먹었다. 그 포크와 스푼은 그때 사용하기 위한 거였다. 가느다란 포크로는 딸기를 찍고, 수프 스푼으로는 크림을 뜬 다음 딸기를 스푼에 얹어 한입에 호로록 먹으면 된다.

저녁 식사를 마치고 우리는 그의 차에 올랐다. 그는 내가 무엇을 보고 싶어 하는지 묻지도 따지지도 않고 곧장 글로 브 극장[1]이 예전에 있었던 모퉁이로 차를 몰았다. 지금은 그 자리에 아무것도 없다. 그 공간은 텅 비어 있다. 나는 그에게 차를 세우게 하고 차에서 내려 빈터에 섰다. 내 머릿속에는 아무런 생각도 떠오르지 않았다.

그때 그가 차에서 나왔다. 그리고 우리는 근처의 어두운 골목길들을 천천히 걸었다. 그곳은 여전히 셰익스피어 골목 이다. 그리고 디킨스 골목. 그는 옛날 돌무더기 틈으로 몰래 내다보고 있는 소매치기 아트풀 도저[2]를 가리켰다.

팻 버클리는 나를 '조지'라는 이름의 펍으로 데리고 갔다. 나에게 문을 열어 주면서 예의 그 경쾌하면서도 속마음을 드러내지 않는 목소리로 말했다.

"셰익스피어가 여기 오곤 했었죠."

무슨 말인가 하면 내가 셰익스피어가 그 언젠가 지나갔 던 문을 통해, 셰익스피어가 드나들던 펍에 들어갔다는 거

---

1 Globe Theatre: 1599년 문을 열어 셰익스피어 극을 초연한 극장. 런던의 사우스 워크역 인근에 있었으나 1664년에 철거되었다. 1997년 현재 위치(런던 뱅크사 이드)에 공식 재개관했다.
2 Artful Dodger: 찰스 디킨스의 소설 〈올리버 트위스트〉에 등장하는 소매치기 소년 의 이름.

다. 우리는 벽을 등지고 테이블에 앉았다. 나는 머리를 뒤로 젖혀 한때 셰익스피어의 머리가 닿았을 벽에 내 머리를 기댔다. 그 느낌은 이루 말로 표현하기가 어려웠다.

펍에는 사람들이 북적댔다. 사람들은 바에 서 있었고 테이블은 모두 만석이었다. 자신들이 있는 곳이 어떤 장소였는지 전혀 알지도 못하면서 먹고 마시고 있는 아둔한 사람들에게 갑자기 짜증이 났던 내가 퉁명스러운 어투로 말을 건넸다.

"저 사람들이 없었다면 난 지금 셰익스피어가 걸어 들어오고 있는 모습을 상상할 수 있을 텐데."

말을 입 밖에 낸 순간 내가 실수했다는 걸 깨닫고 아차 싶었다. 내가 그걸 말하기도 전에 그가 되받아쳤다.

"천만에요. 저 사람들도 마찬가지일 겁니다."

그리고 당연히 그들도 그랬다. 다시 쳐다보니 바텐더와 이야기를 하고 있는 수염을 기른 금발 머리의 재판관 샬로[3]가 있었다. 바 주위를 더 살펴보면 직조공 보텀[4]이 날카로운 얼굴을 한 바돌프[5]에게 감당하기 벅찬 고민을 털어놓고 있었다. 그리고 우리 바로 옆 테이블에서는 꽃무늬 드레스를

---

3 Justice Shallow: 셰익스피어의 〈헨리 4세〉 2부와 〈윈저의 즐거운 아낙네들〉에 등장하는 보안관으로 거짓말쟁이며 어리석은 악당.

4 Bottom the Weave: 셰익스피어의 〈한여름 밤의 꿈〉에 등장하는 보잘것없는 날품팔이 직조공.

5 Bardolph: 〈헨리 4세〉 1부와 〈윈저의 즐거운 아낙네들〉에 등장하는 인물.

입고 챙이 달린 흰색의 둥근 모자를 쓴 퀴클리 마님[6]이 금방이라도 숨이 넘어갈 듯 웃고 있었다.

팻 버클리는 펍에서 나를 이끌고 나와 야간 조명등을 밝힌 세인트 폴 대성당을 보기 위해 차를 몰았다. 정면 계단을 밟고 올라가 시인 존 던(John Donne, 1572-1631)이 영국 성공회 수석 사제로 있었던 이곳 세인트 폴 대성당의 문이라도 어루만져 보고 싶었다. 하지만 그 성당은 내일도 거기 존재할 것이며, 시간은 차고 넘친다.

그는 나를 태우고 런던타워[7]로 갔다. 상상했던 것보다 더 거대하고 무시무시했다. 마치 중세판 앨커트래즈 감옥[8] 같았다. 우리가 그곳에 도착한 때가 10시 정각이어서 경비병들이 런던타워의 정문을 닫는 현장을 구경할 수 있었다. 검은색과 주홍색의 화려한 제복을 입고 있음에도 불구하고, 그들이 저 무서운 감옥의 문을 닫아걸어 내부를 어둠으로 가둘 때는 섬뜩하고 오싹했다. 석벽 뒤 어딘가에 젊은 날의 엘리자베스 1세(Elizabeth I, 1533-1603)가 이복 언니인 피

---

6   Mistress Quickly: 〈헨리 4세〉 1부와 2부, 〈윈저의 즐거운 아낙네들〉에 등장하는 인물.

7   Tower of London: 더 타워로 부르기도 한다. 1100년부터 1952년까지 종종 감옥으로 사용했고, 즉위 전의 엘리자베스 1세를 감금했던 곳도 이곳이었다.

8   Alcatraz: 미국 샌프란시스코만 가운데의 작은 섬. 1907년부터 군대 감옥으로 사용하다가, 1933년에는 연방 감옥으로 전환해 1963년까지 주로 흉악범을 수감했다.

에 굶주린 메리(Bloody Mary, 1516-1558)를 도끼 대신 검으로 참수하도록 요구하는 글을 쓰려고 앉아 있는 모습이 떠오른다.

정문이 닫히자 경비병들이 뒤돌아서서 탑의 거대한 철문 쪽으로 행진했다. 철문이 올라갔다가 그들이 들어가자 내려오면서 쇳소리와 함께 닫혔다. 뒤에서 경쾌한 목소리가 들렸다.

"저 사람들은 700년 동안 하룻밤도 거르지 않았답니다."

놀라운 일이다. 불과 300년만 거슬러 올라가도 대화재, 대역병, 크롬웰 혁명, 나폴레옹 전쟁, 1차 세계대전, 2차 세계대전의 와중에 있었던 런던인데.

"저 사람들은 런던타워의 문을 닫을 때마다 한결같이 이런 의식을 치러요?" 나는 그에게 물었다. "매일 밤, 독일 대공습 중에도?"

"물론이죠." 그가 대답했다.

히틀러의 묘비에 그 말을 새기고, 런던의 주택을 넷 중 하나 꼴로 파괴한 폭명탄(buzz bomb)[9]의 개발자인 저 위대한 미국의 애국자 베르너 폰 브라운[10]에게 그 말을 전하라.

---

9   爆鳴彈: 2차 세계대전 후반인 1944년 독일군이 런던에 발사했던 V-2 로켓.

10   Wernher von Braun, 1912-1977: 독일이 패전한 후 미국으로 건너가 1950년부터 장거리로켓을 연구했고, 1960년 이후에는 NASA에 소속되어 아폴로 계획을 위시한 우주개발계획의 주역으로 활동.

팻 버클리가 나를 숙소까지 바래다 주었다. 내가 그에게 감사를 표하려 하자 그가 말했다.

"아, 내가 고맙죠! 미국사람들 대부분은 이런 코스를 택하려 하지 않습니다. 나와 함께 자동차로 15분 정도 돌고 나서는 도체스터 바가 어디인지 알고 싶어 하더군요."

그는 자신이 만났던 대부분의 미국인들은 런던을 절대 구경하지 않는다고 말했다.

"그들은 택시를 타고 힐튼 호텔에서 해러즈 백화점까지, 해러즈에서 극장까지, 극장에서 도체스터 바까지 갑니다."

그는 일주일 동안 런던에 머물면서도 힐튼 호텔을 벗어나지 않은 미국인 사업가를 네 명이나 알고 있다고 말했다.

"그들은 하루 종일 객실에 틀어박혀 전화기와 스카치위스키 병만 붙들고 있더군요. 다른 이들이 보면 그들이 왜 미국을 떠났는지 궁금해할 겁니다."

그는 나에게 볼거리가 될 만한 장소들의 목록을 주었지만 내게 직접 그곳들을 구경시켜 주겠다는 제안은 하지 않았다.

에디와 이저벨이 오늘 아침 나를 태우고 관광에 나섰다. 이
저벨은 오래된 학교 친구고 그들은 텍사스에 산다. 그리고
내가 아는 사람들 중 가장 전통적인 보수주의자들이다.

오늘 아침은 햇살이 눈부셨다. 그들이 나를 태우러 왔을
때 나는 두 사람의 옷에서 눈을 뗄 수 없었다. 이저벨은 면직
멜빵바지에 날염 블라우스를 입고 있었고 에디는 스포츠 셔
츠와 바지 차림이었다. 지나치다 싶게 점잔 빼는 옷차림을
하지 않은 그들의 모습을 본 건 우리가 만난 이래 처음이었
다. 나는 오후 3시에 방송국 인터뷰가 잡혀 있었고, 숙소에
돌아와 옷을 갈아입을 시간이 없을지도 몰라 세일 상품인
베이지색 리넨 바지정장을 입고 있었다. 그들 옆에 있으니
내 차림새가 과했다.

그들은 예전에 런던에 와서 관광을 해 본 적이 있었기에
우리는 아침 내내 상점가만 헤집고 다녔다. 그들이 윈도쇼

핑을 하며 작고 특이한 수집품과 멋진 판화 구입을 즐겼기에 그 뒤를 따라다녔다. 점심시간에 우리가 거리를 기웃거리고 있을 때였다. 나는 갑자기 발걸음을 멈추고 얼빠진 듯 앞을 쳐다보았다. 바로 우리 앞에 클라리지 호텔이 있지 않은가.

클라리지 호텔은 노엘 카워드[1]의 작품에 나오는 등장인물들 모두가 점심을 먹는 곳이다. 오랜 세월에 걸쳐 나는 화려하고 당당하게 클라리지 호텔로 걸어 들어가는 상류 사회의 우아한 런던 사람들의 이미지를 상상해 왔다. 그리고 지금 내 눈앞에는 오늘날의 우아한 런던 사람들이 여전히 기품 있게 클라리지 호텔 안으로 들어가고 있었다.

에디는 내가 무엇을 그렇게 뚫어지게 쳐다보고 있는지 물었고, 나는 설명해 주었다. "좋아요. 우리 클라리지 호텔에서 점심 먹읍시다." 그가 냉큼 말했다.

배포가 큰 에디만이 할 수 있는 즉흥적인 제안이었다. 나는 이저벨이 "에디, 지금 우리 옷차림으로는 안 돼!"라고 말하길 바랐는데, 정말 너무 놀랍게도 그녀는 그러지 않았다. "아주 근사한 생각인데요." 내가 말했다. "일단 옷부터 갈아입으러 가죠."

---

1 Noel Peirce Coward, 1889-1973: 영국의 극작가, 영화배우.

"그래도 우리가 내는 돈은 받을 겁니다." 에디가 아무렇지 않은 듯 말하고는 우리 팔을 잡아끌고 의기양양하게 클라리지 호텔로 들어갔다.

나는 타고나기를 게으르게 생겨 먹은 사람이다. 평상시 집에서는 외모에 신경을 쓰지 않는다. 하지만 여기는 **클라리지 호텔**이었다. 나는 점심시간 내내 그 우아하고 고상한 식당에서 완벽하게 차려입은 런더너들이 앉은 테이블에 둘러싸여, 피크닉이라도 가는 듯한 옷차림을 하고 나를 특별한 곳에 데리고 온 것에 은근히 만족해하는 두 명의 행복한 텍사스 주민 사이에 샌드위치처럼 끼여 있었다.

식사를 마치고 함께 방송국에 갔다가 윈도쇼핑을 더 하고 6시에 극장가가 형성되어 있는 거리로 갔다. 몇 사람이 알드위치에 줄을 서서 마지막 순간에 취소될 〈한여름밤의 꿈〉 티켓을 기다리고 있었다. 에디가 줄에 서 있던 한 남자와 이야기를 주고받더니 돌아와 말했다.

"취소하는 티켓이 늘 몇 장은 나온다는군요. 우리도 지금 줄에 서면 매표소가 문을 여는 7시에 표를 구할 수 있어요. 7시 반에 막이 오르니까 관람 후에 저녁 식사를 하면 돼요."

알다시피 이 연극은 피터 브룩[2]이 제작한 국립 셰익스피

---

2 Peter Brook, 1925-: 영국의 연출가, 영화감독.

어 극장의 작품이다. 내가 이 티켓 한 장을 구하려면 일주일을 꼬박 매달려야 했을 거다. 투숙하고 있는 호텔을 통해 노라와 실라, 그리고 나를 위한 티켓을 구하려고 애를 써봤다. 하지만 그건 내가 볼 수 있는 공연이 아니었다. 공연 기간의 모든 좌석이 매진이었던 것이다. 내가 그 연극을 보고 싶었던 만큼이나, 우리의 꼬락서니 그대로는 그 극장에 걸어 들어갈 '수 없었다.' 이른 아침부터 입고 있던 옷 그대로였고 온종일 씻지도 않았다. 그런데 텍사스의 휴스턴에서는 그런 상태로 극장에 간다는 걸 상상도 못 했던 에디와 이저벨이 런던의 극장에는 들어갈 준비가 되어 있었다.

내게는 이 모든 것이 탁상공론에 불과했다. 나는 그 줄에 한 시간은커녕 10분도 서 있을 수가 없었다. 난 거의 종일 이를 악물다시피 하고 걸어 다니며 쇼윈도를 들여다보았고 여섯 시까지 내내 그런 상태로 보냈다. 나는 그들에게 내 배 속에 든 것들을 길거리에 쏟아내기 전에 오늘은 이만 끝내고 어디 가서 앉고 싶다고 말했다. 그들은 오랜 친구들답게 즉각 그 계획을 포기했다. 그 대신 우리는 뒷골목의 자그마한 펍으로 저녁을 먹으러 갔다.

숙소에 돌아오고 나서야 비로소 나는 그들과 내가 평소와 완전히 뒤바뀐 역할을 했다는 사실을 깨달았다. 아무도 알아보는 이 없는 외국에 오자 에디와 이저벨은 사회적 굴레를 벗어 버렸다. 아무도 나를 아는 이가 없는 외국에 오자 나는 고국에서는 결코 쓰지 않던 굴레란 굴레는 모두 쓰게 되었다. 내가 야생마여서?

카르멘이 방금 전화해 내일의 독자 사인회와 도이치 출판사와의 저녁 만찬을 상기시켜 주었다. 나는 그녀에게 내 여행용 알람시계에 달력을 기대 놓아서 아침에 알람을 끄면서 날짜를 가장 먼저 보게 된다고 말해 주었다.

사인회에 아무도 나타나지 않으면 내가 뭘 해야 하는지 카르멘에게 물었다. 그녀는 재빨리 대답했다. 담당자와 대화를 나누세요. 그도 당신의 팬이니까요. 20분쯤 지나서 머리가 아프다고 하면 그가 당신을 택시에 태워 드릴 거예요.

우리는 빗속에 서점들을 돌았다. 서점들은 하나같이 〈채링 크로스 84번지〉를 눈에 띄게 진열해 놓았고 담당자와 점원들은 모두 인사를 하고 환하게 웃으며 나와 악수를 했다. 세 번째 서점 이후부터는 아주 침착하게, 그 모든 과정에 익숙한 사람처럼 품위 있게 해낼 수 있게 되었다. 우리는 2시 30분에 독자 사인회를 진행할 풀 서점에 도착했다. 그런데 나의 귀중한 친필 사인을 받기 위해 사람들이 길게 줄을 서서 기다리고 있었다면 믿을 수 있을까? 게다가 비 오는 화요일 낮에?

서점 측에서는 줄의 맨 앞에 나를 위한 테이블을 마련해 두었다. 나는 앉아서 첫 번째 남자에게 개별적인 내용을 쓸 수 있게 이름과 자신에 대한 이야기를 좀 해 달라고 부탁했다. 나는 책에 사인할 때 다정다감한 메시지로 면지 전체를 채우는 습관을 버릴 수 없었다.

캘리포니아에서 온 한 부인은 열두 권의 책을 털썩 내려 놓더니 목록을 꺼내며 말했다. 첫 권은 입원해 있는 남동생을 위한 책인데, 명랑한 얘기 써 줄 수 있어요? 그리고 이 책은 우리집 화초와 나무에 물을 주고 있는 옆집 프랫 부인에게 줄 책이고, 이 책은 사위 팻의 책이에요. '크로퍼드 비아가 사위 팻에게'라고 써 줄 수 있죠? 그렇게 열두 권. 이따금 나는 눈을 가늘게 찡그리고 줄을 쳐다보면서(안경을 안 가져왔다. 그리고 나는 유명인사다.) 모두들 이렇게 기다리게 해서 미안하다고 말했다. 그들은 그저 웃으면서 참을성 있게 계속 서서 기다렸다. 믿기 어려울 정도로 멋진 사람들이었다.

줄의 거의 끝까지 사인을 마쳤을 즈음이었다. 나는 쳐다보지도 않고 기계적으로 질문을 던졌다. "성함 좀 말씀해 주시겠어요?" 그러자 양순하게 대답하는 목소리가 들렸다. "팻 버클리입니다." 내가 고개를 들어올리자 거기에 두 권의 책을 품에 안은 팻 버클리가 서 있었다. 나는 그에게 책 한 권을 주고 싶다고 말했다. 그리고 그가 가져온 책 두 권에 그의 친구들을 위해 사인해 주었다.

그는 자신이 "당일치기로 간소한 나들이를 주선한다면" 토요일에 내가 시간을 낼 수 있는지 물었다. 나는 어느 날이든 그가 주선만 해 준다면 나들이 갈 시간을 낼 수 있다고 말했다. 그는 환하게 웃으며 연락하겠다고 말했다.

사인회가 끝난 뒤에 나는 담당자인 포트 씨와 셰리주를 마셨다. 그는 누군가가 내게 전해 달라고 남긴 편지 한 통을 건넸다. 나는 그 편지를 숄더백에 넣어 숙소로 가져왔고, 방금 생각이 나서 편지를 꺼내 읽었다.

존경하는 한프 양,

영국에 온 걸 환영합니다. 필라델피아의 은인 한 분이 우리에게 당신의 책을 보내 주었답니다. 그리고 다른 친구들 모두가 그랬듯 우리도 그 책을 좋아합니다. 다음 주 월요일인 6월 28일에 시간을 내서 함께 피터 브룩의 작품인 〈한여름 밤의 꿈〉을 관람하자고 하면 당신도 가고 싶어 할지 모르겠네요. 국립 셰익스피어 극단의 런던 극장인 알드위치에서 공연합니다. 오스트레일리아에서 온 친구 둘도 같이 가려고 해요. 두 사람 모두 당신 책의 열렬한 독자거든요. 나의 남편은 영국인이고 나도 그렇습니다만, 나의 어머니는 미국인입니다. 당신이 올 수 있다면 정말 좋을 것 같아요. 내게 전화 좀 해 주실래요? 그러면 먼저 어디서 만나 식사를 할지 우리가 계획을 잡을 수 있어요.

진심을 담아

조이스 그렌펠[1] 드림

마치 하느님이 천국에서 몸을 숙여 내 이마에 금으로 된 별을 붙여 주는 것 같은 기분이다.

나는 도이치 출판사의 만찬에 가기 위해 실크 칵테일드레스[2]와 코트를 한껏 차려입고 평소보다 30분 일찍 준비를 마친 채 여기 앉아 있다. 옷에 재가 묻을까 봐 담배를 피우는 것조차 걱정이 된다.

_____ **오전 1시**

나를 태우고 갈 차량이 도착하자 책상의 벨이 울렸다. 로비로 내려갔더니 케닐워스 호텔의 지배인 오토 씨가 정중하게 인사를 건네며 말했다.

"한프 양의 차가 기다리고 있습니다."

나는 오토 씨에게 이번이 내가 유명인사가 되는 처음이

---

1 Joyce Grenfell, 1910-1979: 영국의 배우, 코미디언, 풍자 작가이자 모놀로지스트(monologist).

2 cocktail dress: 저녁부터 밤까지 착용하는 남녀(주로 여성) 야회복. 애프터눈드레스와 이브닝드레스의 중간.

자 마지막 기회며 난 그 기회를 최대한 활용할 참이라고 말했다. 그는 진지하게 고개를 끄덕이며 말했다. "그렇고말고요." 오토 씨와 프런트 데스크에서 근무하는 두 명의 젊은이는 배달된 장미꽃과 전화 메시지, 그리고 데스크에 맡겨 놓은 메모들을 보고 보람을 느끼고 있다. 나도 그렇다. 그렇게 믿고 있다.

만찬 모임은 빅터스(Victor's)라는 헝가리 식당에서 열렸다. 빅터는 앙드레 도이치 씨와 가까운 친구로, 두 사람 모두 헝가리인이지만 빅터 쪽이 좀 더 헝가리인의 분위기가 난다. 빅터는 인사를 하며 내 손에 키스를 하더니, 내가 "멋지고" "한 달 동안 런던의 여왕"이며 내 책 역시 "멋지다"고 했다. 나는 도이치 씨에게 말했다.

"몰나르[3]의 작품에서 곧바로 빠져나온 인물 같아요."

그러자 도이치 씨가 좀 놀란 표정으로 나를 쳐다보면서 물었다.

"아, 페렌츠(Ferenc)를 알고 있었군요?"

아니, 나는 페렌츠를 실제로는 모르지만 도이치 씨는 그와 안면이 있다. 혹시 몰나르의 팬이 아직도 살아서 이 글을 읽는다면 그 이름은 페런스(Ference)라고 발음할 것이다.

---

3 Ferenc Molnar, 1878-1952: 헝가리의 극작가, 소설가.

만찬은 위층의 연회 전용 식당에서 베풀어졌다. 여덟 명쯤 되는 우리 일행은 카펫이 깔린 계단을 의기양양하게 걸어 올라가 식당으로 들어갔다. 그곳에는 와인 잔과 꽃, 촛불이 어우러진 커다란 원형 테이블이 있었다. 나는 예스럽게 보일 정도로 대단히 예의 바른 도이치 씨와 이름을 알아듣지 못한 '저명한 기자' 사이에 앉았다.

만찬에 참석한 모든 사람이 내가 조이스 그렌펠을 만날 거란 사실을 알고는 어안이 벙벙한 얼굴이 되었다. 나는 그녀를 영국 영화계에서 활약하는 여성 코미디언으로 알고 있지만 영국에서의 그녀는 내가 한번도 본 적이 없는 원맨쇼의 진행자로 훨씬 더 유명하다. 그녀는 자신의 대본을 모두 직접 쓰고, 그 쇼는 늘 매진이다. 그러니 이제는 그녀와의 만남에 잔뜩 긴장하는 일만 남았다.

커피를 마시는 동안 누군가가 모든 손님들이 서명한 〈채링 크로스 84번지〉 한 권을 내게 선물하려고 테이블 주위로 돌렸다. 그 서명들 위에 어떤 이가 '재능과 매력을 겸비한 작가'에게 바치는 미려한 헌사 한 줄과 기타 등등의 내용을 정감이 어린 글귀로 적어 놓았다. 도이치 씨는 그것을 읽고는 힘차게 고개를 끄덕이며 그의 이름을 사인하고 과장스러운 동작으로 그 책을 나에게 건넸다. 빅터는 그 글을 읽더니 '맞아, 맞아, 정말 그래!'라고 말하며 '당신의 만찬을 준비한!'

이란 글과 함께 자신의 이름을 적고 다시 내 손에 입을 맞추었다. 디저트는 핑크색 아이싱으로 **환영 헬레인**이라는 글자를 얹은 환상적인 데커레이션 케이크였다.

한밤에 숙소로 돌아와 휘몰아치듯 로비를 지나며 나는 프런트 데스크의 오토 씨와 젊은 직원들에게 앞으로는 내가 블룸즈버리 공작부인, 아니면 적어도 블룸즈버리 스트리트의 공작부인으로 알려지게 될 거라고 일러 줬다.

프런트 데스크의 두 직원은 남아프리카 공화국에서 온 학생들이다. 한 명이 며칠 있으면 돌아가야 한다. 그가 대화 중에 다른 한 명에게 조언해 주는 내용이 들렸다.

"만일 경찰이 널 쫓아오면 내 주소를 삼켜."

노라와 나는 어떤 희귀본 거래업자에게 이끌려 점심을 먹으러 갔다. 식사 중 노라에게서 ('세상에 이런 일이'에 나올 법한) 기이한 이야기를 하나 전해 들었다.

나는 서적 판매상들이 배우들만큼이나 '그들만의 리그'에서 끼리끼리 모이는 사람들로 알고 있는데, 프랭크와 노라는 피터 크로거라는 서적상과 그의 아내 헬렌과 10년 동안 가장 가까운 친구로 지냈었다. 도엘 부부와 크로거 부부는 경쟁 관계였음에도 두 남자는 떼려야 뗄 수 없는 사이였다. 어느 해 섣달 그믐날 저녁 도엘 부부가 파티를 열고 헬렌 크로거는 검은색의 긴 이브닝드레스를 입고 퍽이나 이국적인 모습으로 참석했다.

"어쩜, 당신 꼭 러시아 스파이처럼 보여요, 헬렌!" 노라가 말했다. 그러자 헬렌도 웃고 피터도 웃었다. 몇 달 뒤 조간신문을 집어 들던 노라는 헬렌과 피터 크로거 부부[1]가 러시아 스파이였다는 사실을 알게 되었다.

"기자란 기자는 다 벌떼처럼 집으로 몰려와서 내게 수천 파운드를 내밀면서 '그 간첩단(the ring)'에 대해 이야기해 달라지 뭐예요. 내가 알고 있는 유일한 반지(ring)는 내 결혼 반지라고 말해 줬지요." 노라가 말했다.

노라는 감옥에 있는 크로거 부부에게 면회를 갔다. 피터가 노라에게 헬렌이 러시아 스파이처럼 보인다고 말했던 것을 기억하느냐고 물었다.

"그게 틀림없이 그들에게 변곡점이 된 거예요." 내가 말했다.

"글쎄요." 노라가 대답했다. "피터는 그저 내가 그걸 기억하는지 물었거든요. 그러고 나서 우리는 다른 얘기를 했어요."

노라와 프랭크는 재판정에 갔고, 크로거 부부가 자신들

---

1   피터 크로거(Peter Kroger, 본명 Morris Cohen, 1910-1995), 헬렌 크로거(Helen Kroger, 본명 Lona Cohen, 1913-1992): 미국에서 태어난 모리스, 로나 코언 부부는 공산주의에 대한 신념 때문에 1930년대 후반 러시아의 스파이가 되었다. 1954년 피터 크로거와 헬렌 크로거라는 이름으로 런던으로 이주하여 헌책방을 운영하며 스파이로 활동하던 중 1961년 '포틀랜드 스파이 링(Portland Spy Ring)'으로 불린 러시아 간첩단과 관련하여 체포되었다. 20년 형을 선고받았으나 1969년 러시아에 억류된 영국인 제럴드 브룩과 교환을 조건으로 풀려났다. 두 사람은 러시아 도착 후 영웅 칭호를 받았으며 신규 스파이 양성 프로젝트에도 참여했다.

의 과거 생활에 대해 이야기해 준 것은 모두 날조된 사실이었다는 것을 알았다. 나는 그래서 언짢았느냐고 물었다. 노라는 아니라며, 그런 건 이해할 수 있다고 했다.

"그들은 우리 부부가 만났던 친구들 가운데 가장 좋은 친구들이었어요." 그녀가 말했다. "좋은 사람들이고 정이 가는 친구들이었어요. 모두 정치적인 문제였죠. 그들 나름의 이유가 있었을 거라고 생각해요."

1년 뒤에 크로거 부부는 러시아에 억류된 영국 스파이 한 명과 교환되었다. 그들은 지금 폴란드에 살고 있다. 헬렌과 노라는 여전히 크리스마스에 편지를 주고받는다.

저녁 시간에 조이스 그렌펠에게 전화를 걸어 내가 봤던 그녀의 영화 출연작들을 이야기했더니 그녀가 말했다.

"그럼 나를 알아보겠네요. 뱅 헤어[2] 스타일을 하고 있는 사람이에요." 나는 월요일에 알드위치 극장과 이웃한 월도프 호텔에서 그들을 만나 저녁을 먹기로 했다.

---

2   앞머리를 눈썹에 이르는 길이로 자른 머리 모양.

나는 마침내 하루를 오롯이 나에게 할애해 리젠트 파크 지역을 걸었다. 내시 크레슨트를 스무 번이나 서른 번쯤 돌고, 시인 로버트 브라우닝(Robert Browning)이 결혼 전에 엘리자베스를 방문하러 왔던 윔폴 스트리트의 주택을 구경하고, 할리 스트리트를 걷고, 그리고 데번셔 스트리트(Devonshire Street)와 데번셔 플레이스[1], 데번셔 뮤즈[2], 데번셔 클로즈[3], 데번셔 뮤즈 클로즈를 걸었다. 이곳은 눈과 마음이 끌리는 동네다.

외출에서 돌아오자 내 앞으로 온 메모가 프런트에 있었다. 거두절미하고,

---

1 place: 짧은 길.

2 mews: 마구간을 개조한 작은 집들이 늘어선 좁은 길.

3 close: 한쪽 끝이 막혀 있는 길.

토요일 낮 12시 정각에 이쪽으로 올 수 있나요? 차를 타고 윈저와 이튼에 가면 둘러볼 곳이 꽤 많거든요. 급히 몇 자 적습니다.

P.B.

우리는 차를 타고 윈저와 이튼 칼리지를 보러 간다. 나는, 이런 사람이다.

나는 인사치레를 위한 인사말은 생략해 버리는 그의 태도를 대단히 좋아한다. 통신사, 혹은 보험사 직원에게 편지를 쓰면서, 이 세상에서 내게 덜 친애하는(less dear) 사람은 아무도 없다는 사실을 저쪽이나 이쪽이나 모두 잘 알고 있는데도 무조건 '친애하는 선생님(Dear Sir)'으로 시작해야만 한다는 건 매번 짜증나는 일이다.

나는 이 글을 케닐워스 호텔 라운지에서 쓰고 있다. 케닐워스 TV 룸과 헷갈리면 안 된다. TV 룸은 모두들 암흑 속에서 등받이가 높고 딱딱한 의자에 꼿꼿하게 앉아 어떤 시트콤을 뚫어져라 시청하는 곳이다. 라운지는 로비를 바로 벗어난 곳에 있다. 커다란 안락의자들과 소파 한 세트가 놓인 쾌적한 장소지만, 일기를 쓰러 갈 생각이라면 들어가기 전에 문 주위에서 잘 살펴봐야 한다. 그곳에 여자 혼자 있다면 그녀는 이야기를 나눌 사람을 찾고 있는 것이다. 이미 두 여자가 대화를 하고 있다면 그들은 당신도 그 대화에 끌어들일 만큼 친절하고 다정한 사람들이므로, 당신은 점잖지 않게, 그리고 다정하지 않게 보여야만 그 대화에 끌려 들어가는 걸 막을 수 있다.

오늘밤 내가 들어갔을 때는 남자 하나가 책상에서 편지를 쓰고 있었고, 그 남자는 곧 자리를 떴다. 그가 나에게 담뱃불을 빌려 달라고 부탁했다. 나의 미국식 말투를 듣더니 자신도 뉴욕에서 1년간 살았다고 말했다.

"그러던 어느 날 미국인 친구 하나와 뉴욕 5번가를 걷고 있었죠. 내가 그에게 물었습니다. '왜 뛰는 거야?' 친구가 대답했어요. '뛰는 거 아냐!' 그때 나는 영국으로 돌아가야 할 때가 됐다는 걸 깨달았어요."

이곳 사람들은 당신이 담배를 피우고 있고, 그들이 당신 것으로 담배에 불을 붙일 수 있을 때만 '불'을 부탁한다. 다른 사람에게 성냥을 부탁할 생각은 꿈에도 하지 않는다. 그건 돈을 거저 달라고 하는 것과 같다. 성냥은 여기서 공짜가 아니다. 호텔 로비에 있는 재떨이에도, 식당 테이블에도 전혀 없다. 성냥은 가게에서 사야 한다. 내 생각에는 성냥이 수입품이고, 미국에서 써대는 식으로 물쓰듯 하기에는 값이 너무 비싸서 그런 것 같다.

방금 어떤 부인이 들어오더니, 나더러 '그 작가'냐고 물었다. 그녀는 프런트 데스크에서 나에 대해 들었다고 했다. 자신은 켄트에 살고 있고, 런던을 좋아하지 않지만, 오빠가 이 근처의 병원에 입원하고 있어서 여기 묵고 있으며, 최소한 블룸즈버리는 좀 구경하고 싶다고 했다. 그녀의 오빠는 그녀가 종일 호텔에만 있었다는 소리를 듣고 싶어 하지 않아서, 오늘 오후 그녀는 외출해 다우티 스트리트(Doughty Street)에 있는 디킨스의 집에 갔다 왔으며, 내게 거기 가 본 적이 있는지 물었다.

그녀가 대화를 나누고 싶다고 하니 이제부터 그래 볼 생각이다.

오늘 아침에 일주일치 호텔 숙박비 청구서를 처음으로 받았다. 점심과 저녁 식사비 등에 12퍼센트의 봉사료가 부과된 금액은 내가 예상했던 것보다 터무니없이 비쌌다. 나는 그걸 들고 곧바로 거리로 나가 근처의 도이치 출판사에 들러 그곳의 회계사인 태머 씨를 찾았다. 안경을 쓴 근엄한 신사인데 인사를 하면 뜻밖에 푸근한 미소를 짓는다. 그는 나의 '선지급금'을 모두 사무실 금고에 현금으로 보관하고 주 단위로 내게 나눠주고 있다. 그는 호텔 청구서 결제 비용에 10파운드를 더 얹은 현금을 내주었다. 10파운드는 일주일 동안 일용할 나의 용돈이다. 그래서 나는 용돈이 떨어지면 오빠가 준 돈을 헐어야 한다. 나는 그 100달러 중에서 10달러를 들고 가 파운드화로 바꿔 달라고 했다. 그는 환율표와 계산기 등을 죄다 꺼내 놓고 최근 환율을 긴장한 채 아주 꼼꼼하게 계산했다. 그가 나를 속여 단돈 15센트일지라도 탐하는 일은 절대 없을 것이다.

도이치 출판사 주소로 내게 온 편지 한 통이 호기심을 자극했다. 그런 사람이 있는지조차 몰랐던, 전혀 모르는 남자가 보낸 편지였다. 내가 편지를 주고받은 마크스 서점의 직원들 가운데 그의 존재에 대해 언급했던 사람은 아무도 없었다.

친애하는 한프 양,

저는 작고하신 마크스 서점의 사장 벤 마크스의

아들입니다. 당신이 이곳에 와 주셔서 얼마나 기쁜지,

그리고 저와 제 아내가 당신과 함께 식사할 기회를

간절히 기다린다는 말씀을 전하고 싶습니다.

당신이 어디에서 지내고 계시는지 모르고 있으므로

위에 적은 번호로 제게 전화해 주실 수 있는지요?

두 번째 번호는 부재 전화 응답 서비스 번호입니다.

거기에 남기신 메시지는 모두 제게 전달됩니다.

우리 모두 당신을 만나 볼 수 있기를 학수고대합니다.

레오 마크스[1] 드림

---

1 Leopold Samuel Marks, 1920-2001: 작가, 암호해독가. 마크스 서점의 사장 벤
저민 마크스의 아들. 그가 발표한 시 〈The life that I have〉는 결혼식이나 연인들
사이에 주고받는 시로 영국에서 잘 알려져 있다.

내게 편지를 전해 준 비서는 그가 어떻게 나와 연락할 수 있는지 전화로 물었다고 말했다.

"하지만 우리는 당신이 머무는 곳을 아무에게도 절대 얘기해 주지 않아요." 카르멘이 말했다. "우리를 통해서만 당신에게 연락하라고 부탁드리고 있지요."

나는 이런 방식이 별로 달갑지 않아서 그것을 바로잡았다.

"카르멘 양," 내가 말했다. "나는 대중들로부터 사생활을 보호받고 싶어 하는 그런 작가가 아니랍니다. 내게 밥 한끼 사고 싶다는 독자의 전화를 받는다면, 나는 저녁 식사 손님으로 갈 시간이 충분해요. 내 연락처는 아무 조건 없이 그냥 공개하세요."

그녀는 적어도 두 건의 인터뷰가 남아 있으며, 모두 점심을 먹으면서 진행하는 일정으로 잡겠다고 했다. 어떤 인터뷰 진행자는 내게 "여기서 은제품과 캐시미어를 쇼핑할 것인지, 아니면 그저 책만 살" 계획인지 물었다. 나는 여기서 '아무것도' 살 계획이 없다고 말했다. 내가 쇼윈도에서 본 물건은 모두 '런던에서 보내는 날을 하루 줄이시오.'라고 읽히는 가격표를 달고 있었으니까.

다음 일정은 국회.

올드 빅 극장에 다녀왔다. 극장으로 걸어 들어갈 때는 연극에 대한 젊은 날 나의 열망이 떠올라 가슴이 벅찼다. 노라, 실라와 나는 버나드 쇼 극본의 〈워런 부인의 직업〉[2]을 구경했다. 올드 빅 극장에서는 뉴욕의 옛 MET(Metropolitan Opera House) 극장과 필라델피아 음악 아카데미의 분위기가 느껴졌다. 청중들은 크리스마스 이브에 교회에 가는 사람들처럼 들뜨고 경건한 마음가짐으로 줄지어 입장한다.

실라가 주차하는 데 애를 먹어서 무대의 막이 오르고 3분 뒤에 극장에 도착했다. 그녀는 재빨리 아래층 라운지에 가서 폐쇄회로 TV로 1막을 구경했다. 미사처럼 경건한 공연이 시작된 다음에는 좌석 통로 사이를 오가면 안 되니까.

19세기와 20세기 전환기의 의상을 입고 〈워런 부인의 직업〉을 상연하는 까닭을 도저히 나는 이해하지 못하겠다. 정치인들과 사업가들은 이제 매음굴을 다니지 않는가? 가난한 소녀들이 부도덕한 돈을 벌어먹느니 차라리 고결하게 굶

2   Mrs. Warren's Profession: 1883-1884년 사이에 쓰여진 버나드 쇼의 초기극. 매춘에 대한 언급, 근친상간의 암시 등이 무대 상연에 부적절하고 부도덕하다는 이유로 상연이 계속 금지되었고, 1925년이 지나서야 공개적으로 상영된 바 있다.

어 죽을 것을 기대하는 것은 아닌지? 사회의 도덕적 가치는 더 이상 시골 별장에 정부를 두는 것을 허용하지 않는가? 다른 시대에 속한 의상을 입혀서 연극을 상연하는 사람은 대체 누구인가? 버니 쇼가 보면 기절할 일이다.

노라에게 레오 마크스에 대해 물어보았다. 노라는 레오와 그의 아내를 몇 번 만났을 뿐이지만 "사람 좋아 보이는 젊은 부부"라는 대답이 돌아왔다. 레오가 작가라는 말도 했다.

난 지금 비타민 C를 먹고 있다. 감기에 걸린 것 같아서. 메리 베이커 에디[3]를 한번 읽으려고 애를 쓰고 있다. 그걸 계속 붙들고 있어야 했는데.

---

3   Mary Baker Eddy, 1821-1910: 미국의 여성 종교지도자. 기독교 계파인 크리스천 사이언스 교회를 창립.

감사하게도 드디어 해가 나오고 따뜻해져서 나는 PB를 위해 치마를 입을 수 있었다. (신문 머리기사의 제목은 '**영국은 화씨 75도의 열기로 찜통 더위**'. 나는 브라운 리넨 스커트와 새로 산 흰색 블레이저 재킷을 입었다. PB는 환한 얼굴로 "매력적으로 보이네요."라고 말하며 브라운-화이트 스카프는 해러즈 백화점에서 산 것인지 물었다. (원래는 칵테일드레스와 세트였다.)

우리는 차를 몰고 가기 때문에 어쨌든 윈저성에는 들어가볼 수 없다는 PB의 설명. "여왕님이 살고 계시거든요." 그리고 성에는 못 들어가지만 윈저에 사는 두 명의 나이 든 자매와 함께 셰리주를 마실 거라고 했다. 그는 내가 그 자매들, 그리고 그들의 집을 마음에 들어 할 거라고 생각하고 있었다.

윈저로 가는 도중에는 '은퇴한 말들을 위한 집'이 한 채 있다. 말 주인들은 일요일에 찾아와서 말에게 크림빵을 준다.

윈저에는 시대를 초월한 옛 사물들이 사방에 무심하게 널려 있었다. 그 자매들은 앤 여왕 시대 양식의 주택들이 늘어선 17세기 시대 거리에 살고 있다. 집집마다 차 한 대가 연도에 주차해 있고 TV 안테나가 지붕 위로 삐죽 나와 있다. PB는 장미정원 옆에 있는 집의 뒤편에 차를 세웠다. 그 집의 헤게모니를 쥐고 있는 자매가 그곳으로 우리를 마중 나왔다. 그녀는 핑크빛 장미 한 송이를 꺾어 나에게 꽂아 주고 우리를 집 안으로 데리고 들어갔다. 구식의 복도를 지나 거실에 이르니 숫기 없는 다른 자매가 우리를 수줍게 맞았다. 수줍음 많은 그 자매가 셰리주를 따라 주었다. 그러고는 두 자매가 PB에게 그들의 집을 지켜 주는 신령이 사라졌다고 안타까운 듯 넋두리했다.

그 신령은 두 사람이 20년 전 그 집을 살 때 이미 그 집에 살고 있었고 이후로도 계속 머물러 있었다. 그 신령은 보통 때는 아주 조용하고 문제를 전혀 일으키지 않았다. 하지만 신령은 집에 틀어박히기를 좋아했고 주위에 사람들이 있기를 원했다. 그래서 자매들이 여행을 가려고 짐을 꾸리고 문을 잠글 준비를 할 때마다 그 신령은 불같이 화를 내며 길길이 날뛰었다. 액자들이 떨어져 부서지고, 와인잔들이 찬장에서 떨어져 깨지고, 램프는 바닥으로 떨어지고, 냄비와 그릇들이 밤새도록 부엌에서 덜컹거리고 쾅쾅거렸다. 그 난

리법석은 자매들이 휴가를 떠날 때까지 이어졌다. 20년 동안 계절마다 런던에 가거나 국내외로 떠날 때마다 이런 일이 일어났다. 올해에도 자매들은 휴가 계획을 세우고 여행 짐을 꾸렸다. 그리고 처음으로 집이 조용했다. 그 액자와 와인잔과 램프들은 흔들림이 없었고 부엌은 조용했다. 신령이 사라져 버린 것이다. 그러자 자매들은 오히려 섭섭하고 허전해졌다. 그 신령을 무척 좋아했던 것이다.

자매 한 분이 나를 꼭대기 층 욕실로 데리고 올라가더니 창밖을 내다보았다. 그들은 여왕이 도착했는지 확인하러 그곳으로 달려간다. 욕실 창문에서는 윈저성 깃대가 보인다. 여왕이 성에 머물 때면 깃발이 나부낀다.

그들은 우리에게 점심을 차려 주지 못해 미안하다고 했다. 그들은 필립 공이 폴로 경기하는 모습을 구경하러 갈 참이었다.

PB와 나는 윈저성의 잔디 공원으로 소풍을 나갔다. 그(아니면 가사도우미)는 바구니에 세 가지 샌드위치와 보온병에 든 아이스티, 복숭아와 쿠키, 식후 입가심용 민트향 사탕을 챙겨 왔다. 나는 그가 좋아 죽을 지경이었다. 그가 하는 모든 일에는 20세기 초반 영국의 빛나던 시기인 에드워드 왕조 스타일의 끝손질이 따른다. 차량 운전석 위쪽에 놓아둔 도자기 재떨이 같은 걸 보면 그는 확실히 자동차가 출시될 때

장착하는 깡통 재떨이 따위는 좋아하지 않는다.

윈저성과 이튼 칼리지 사이에는 보행자 전용 다리가 놓여 있다. PB는 이튼 넥타이를 매고 있었다. 수위가 그것을 보더니 말했다. "선생님, 이튼 출신이시네요!" 그러고는 관광객에게 개방하지 않는 방으로 우리를 들어가게 해 주었다.

미국에서 태어나 서양고전학에 대한 열망이 있고, 대학 교육을 받지 않은 사람이라면 수백 년 동안 10대의 소년들에게 그리스어와 라틴어를 자유자재로 읽고 쓰도록 교육하는 학교에 경외심을 지니게 마련이다. PB는 500년이나 된 최초의 교실로 나를 데리고 들어가더니 책상에 앉혔다. 책상들은 칙칙하고 무거운 참나무로, 소년들이 주머니칼로 새긴 이니셜들로 온통 뒤덮여 있었다. 500년 동안 누적된 소년들의 이니셜은 꽤 볼 만한 구경거리다.

우리는 최상급 학년의 학생들이 예배를 보는 예배당으로 들어갔다. 그곳에는 줄지어 놓인 의자들의 각 열마다 통로 쪽 의자에 출석부가 매달려 있어 모든 학생들의 출석 여부를 확인할 수 있다. 우리는 출석부 하나를 열어 이름을 읽어 보았다. '해리스 첫째(Harris Major). 해리스 둘째(Harris Minor). 해리스 셋째(Harris Tertius).' 이튼에서는 라틴어로 말할 수 있는 걸 절대 영어로 말하지 않는다.

교실 밖 복도를 따라 이어지는 높은 참나무 벽에는 책상

위의 이니셜처럼 빽빽하게 그들의 이름이 새겨져 있다. PB는 학생들이 졸업할 때 이 벽에 자신의 이름을 새기려면 학교 측에 몇 실링을 내면 된다고 말해 주었다. 우리는 핏과 셸리의 이름을 보았다. (그리고 PB는 자신의 이름도 찾아서 나에게 보여주었다). 이름 하나를 찾으려고 한 달 동안 이 벽의 아래 위를 헤집고 다니게 될 수도 있다.

가슴이 미어질 듯한 이튼 출신 전몰자 명패들. 한 가족은 1차 대전 때 여덟 명의 남자를 잃었는데 그중 일곱 명이 20대였다. 그렌펠 가문(조이스 그렌펠의 남편 가문)은 할아버지와 아버지, 그리고 아들 하나를 잃었다. 그리고 여섯 명의 남자는 그 12년 전 보어 전쟁에서 전사했다.

우리는 밖으로 나가서, 싸웠다 하면 다 이겨야 하는 곳인 운동장을 구경했다. 학생들이 크리켓을 하고 있었고 몇 명은 테니스 라켓을 휘두르며 걸어가고 있었다. 재학생들은 토요일에 평범한 운동복을 입을 수 있지만, 우리는 몇 명의 학생이 검정색 연미복에 흰색 셔츠, 줄무늬 바지인 이튼 칼리지의 교복을 입고 있는 것을 보았다. PB는 학생들은 이제 공식적인 경우가 아니면 더 이상 톱 해트를 쓰지 않는다고 말한다. (톱 해트는 학생들이 말썽을 일으킬 가능성을 차단해 주었다. 이튼 칼리지의 학생이 출입금지 술집이나 영화관에 몰래 들어가려고 하면 지배인이 실내 어디서나 그 톱 해트를 보고 학생을 내쫓을 수 있었다.)

학생들의 얼굴은 믿을 수 없을 만큼 순수하고 조각 미남처럼 잘생겼다. 그리고 1940년대나 1950년대에는 분명 이색적으로 보였을 연미복이 이제는 학생들의 길게 기른 머리와 놀라우리만치 잘 어울린다. 카메오(cameo)에 돋을새김한 것 같은 얼굴과 깔끔하게 손질한 긴 머리카락, 그리고 은은하게 빛나는 연미복의 완벽한 두 갈래 뒤트임까지, 그들은 현실에서는 찾아볼 수 없을 에드워드 왕조 시대의 왕자들 같았다.

우리는 4시에 런던으로 돌아왔다. PB는 나를 영국 왕실 별궁인 말버러 하우스(Marlborough House)에 데려가고 싶어 했다. 그곳은 5시에 문을 닫는다. 말버러 별궁에 도착했으나 들어갈 수는 없었다. 안내원은 별궁이 청소 중이라 문이 닫혀 있다고 설명했다. PB가 왕실 예배당은 열려 있으니 날을 잡아 일요일에 거기서 예배를 보자고 했다. 결코 사람이 북적대거나 관광지화하지 않은 곳이란다. PB는 그곳이 대중에게 개방되어 있다는 사실을 아는 사람이 거의 없기 때문에 그렇다고 말했다. 메리 여왕이 그곳에서 결혼했으니까 나는 갈 작정이다. 그녀와 포프-헤네시[1]에 대한 애정이 솟는다.

---

[1] James Pope-Hennessy, 1916-1974: 영국의 대표적인 전기작가, 여행작가. 미국 여행기와 메리 여왕 전기 등을 썼다.

옥스퍼드의 로라 데이비슨에게서 방금 전화가 왔다. 그녀는 스워스모어 칼리지의 교수인 남편이 1년 동안 옥스퍼드 대학의 베일리얼 칼리지에서 가르치고 있으며, 그들 부부와 열다섯 살짜리 아들은 내 책의 팬이어서 내가 옥스퍼드에 오기를 고대한다는 팬레터를 내게 보냈다. 나는 그녀에게 답신을 보내 런던에 가는 시기를 일러 주었고, 그녀는 실제로 파리에서 보내는 휴가 일정을 조정해서 내가 도착했을 때 옥스퍼드에 있었다. 내가 전화기를 들자마자 곧바로 그녀가 인사를 건네며 말을 이었다.

"하이, 로라 데이비슨이에요. 잘 지내고 계시죠? 옥스퍼드에는 언제 오신다고요? 우리 아들이 마음 졸이느라 다 죽어 가네요."

우리는 다음주 금요일로 날짜를 잡았다. 그녀는 옥스퍼드로 가는 기차가 거의 매시간 운행되고 있으므로 내가 어느 기차를 타는지 전화로 알려 주면 자신이 그 시간에 맞춰 나오겠다고 말했다. 내가 알아볼 수 있도록 그녀는 내 책을 들고 있겠다고 한다.

나는 집에 있으면서 건강할 때는 여행에 대해 거의 편집광적이어서, 집에 앉아 이곳저곳의 이국적인 기차역과 기차

여행을 상상하다 보면 지쳐 버릴 정도다. 그래도 옥스퍼드는 꼭 가 봐야 한다. 존 던, 존 헨리 뉴먼[2], 아서 퀼러-카우치[3] 모두가 각각 오래전 다른 세대의 인물이지만 트리니티 칼리지에는 그들이 살았던 동일한 신입생 기숙사 방이 있다. 내가 영어 글쓰기에 대해 아는 모든 건 하나에서 열까지 이 세 남자가 가르쳐 주었다. 나는 죽기 전에 그들이 살았던 신입생 기숙사 방에 서서 그들의 이름을 부르며 축복하고 싶다.

Q(퀼러-카우치)는 나의 대학 교육의 전부였다. 열일곱 살의 어느 날 나는 공공 도서관에 가서 글쓰기 기술에 대한 책을 찾다가 Q가 케임브리지에서 글쓰기에 대해 학생들에게 강의한 책 다섯 권을 발견했다.

"내게 필요한 건 바로 이거야!" 나는 스스로를 대견스러워하며 첫 권을 들고 서둘러 집으로 돌아와 읽기 시작했고 3쪽에 이르러 난관에 봉착했다.

Q는 이튼과 해로(Harrow)에서 교육받고 있는 젊은 남자들에게 강의하고 있었다. 그러므로 Q는 나를 포함한 모든

---

2 John Henry Newman, 1801-1890: 성직자. 옥스퍼드에서 공부했고 옥스퍼드 운동의 지도자이며 추기경.

3 Arthur Quiller-Couch, 1863-1944: 작가. 옥스퍼드에서 공부하고 트리니티 칼리지에서 고전문학을 가르치다 케임브리지 대학 영문학 교수로 임용됨. 헬레인 한프는 그에 대한 책 〈Q's Legacy〉를 썼다.

학생들이 당연히 〈실낙원〉을 읽었으며 9권에 있는 '빛을 부르는 주문'에 대한 그의 분석을 이해하리라고 생각했다. 나는 "여기서 잠깐만."이라고 말하고 도서관으로 가 〈실낙원〉을 대출해서 집으로 와 그것을 읽기 시작했고 3쪽에 다다르자 또다시 어려움을 겪게 되었다.

밀턴은 내가 히브리어 성경이 아닌 기독교판 성경의 이사야서, 그리고 신약성경을 읽고 루시퍼[4]와 천국의 전쟁에 대해 배운 것으로 짐작하고 있었다. 그런데 나는 유대교 집안에서 자라 아는 바가 없었다. 나는 "여기서 잠깐만."이라고 말하고 기독교판 성경 한 권을 빌려 루시퍼 등에 대해 읽은 다음 밀턴에게로 돌아가 〈실낙원〉을 읽었다. 그런 다음에야 비로소 Q의 책 3쪽으로 돌아갔다. 4쪽이나 5쪽에서 나는 페이지의 머리에 있는 문장의 요점은 라틴어로 되어 있고 페이지의 아래쪽에 있는 긴 인용문은 그리스어로 되어 있다는 것을 발견했다. 그래서 나는 〈새터데이 리뷰〉에 라틴어와 그리스어를 내게 가르쳐 줄 사람을 구한다는 광고를 내는 한편 Q로 다시 돌아갔다. 그리고 Q는 내가 셰익스피어의 모든 연극과 보스웰[5]의 〈존슨〉뿐만 아니라 〈에스라서〉[6]

---

4 Lucifer: 구약성서 이사야서 14장에 언급된 사탄의 우두머리.
5 James Boswell, 1740-1795: 영국의 전기작가. 새뮤얼 존슨의 전기를 썼다.

2권도 알고 있는 것으로 상정하고 있었다. 〈에스라서〉는 구약성경에도 없고 신약성경에도 없다. 그것은 아무도 내게 존재한다고 말해 줄 생각조차 하지 못한 책들의 모음인 〈성경 외전Apocrypha〉에 들어 있다.

그래서 이런저런 일들, 그리고 일주일에 평균 세 차례씩은 "여기서 잠깐만."을 외치는 바람에 내가 Q의 강의록 다섯 권을 독파하는 데는 11년이 걸렸다.

Q는 옥스퍼드 대학의 오리엘 칼리지(Oriel College)에서 학생들을 가르친 존 헨리 뉴먼도 알게 해 주었다. 트리니티 칼리지를 다 구경하면 오리엘 칼리지로 넘어가 존 헨리의 예배당에 앉아서 그에게 알려 줄 것이다. 그가 하는 말이 아직도 내게는 요령부득이지만, 나는 〈변명Apologia〉의 모든 페이지를 마음에 새기고 있으며 〈대학의 이념The Idea of a University〉 초판본을 가지고 있다고.

6 Esdras/Ezra: 에스라는 바빌론 포로 생활에서 풀려난 유다 사람들을 이끌고 예루살렘에 와서 모세의 율법을 전달한 제사장이자 학자. 그리스어, 라틴어로는 에스드라스, 영어로는 히브리어 발음에 가까운 에즈라로 읽는다.

PB 말이 맞다면 말버러의 왕실 예배당은 전혀 관광지 같지 않고 그곳을 일반인들에게 공개한다는 것을 아는 이는 거의 없다. 그렇다면 가야지.

오늘 아침에는 매우 신경 써서 옷을 차려입고 그 예배당에 갔다. 겨우 손가락으로 꼽을 만한 사람들이 예배에 참석했다. 그들 모두 분명히 일요일마다 거기서 예배를 보고, 그들 모두 분명히 서로를 익히 알고 있으리라. 그리고 그들 모두 예배 시간의 대부분을 내가 어떤 사람인지 알아내느라 애를 썼다. 귓속말을 들어 보고 곁눈질해 보면 그들의 대화를 재구성할 수 있다.

"이봐요, 지금 바로 쳐다보지는 말고…."

"…저기 뒤 끝 의자에, 몇 줄 뒤…."

수군수군.

깡마르고 나이 지긋해 보이는 어떤 부인이 안경을 벗더

니 실눈을 뜨고 한참 나를 쳐다보았다. 그러곤 옆에 앉은 호리호리한 친구에게로 몸을 돌리며 고개를 가로저으며 "아니야!"라고 잘라 말했다. 호리호리한 부인은 한사코 지지 않았다. 그녀는 미심쩍다는 듯 애매한 미소를 띤 얼굴로 줄곧 나를 뚫어지게 바라보았다. 얼굴은 낯이 익은데 누구인지 확실히 모를 때의 표정이었다. 그들의 눈길에 미소로 답한 것이 실수였다. 그때부터 계속 두 사람은 내 얼굴에서 시선을 거두지 않았다.

그 밖에 덧붙일 이야기가 있다면 나는 역시 그 예배당 안에서도 유일하게 숄더백을 멘 사람이었다.

예배가 끝날 때쯤 해서 나는 제일 먼저 통로로 나와 그곳을 떠났다.

점심을 먹기 위해 숙소로 돌아와야 했다. 이 나라는 일요일에는 문을 여는 데가 **전혀 없어** 굶을지도 모르니까.

——————— **오후**

나는 세인트 제임스 파크의 한 나무 아래 누워 있다. 여기에는 도심 공원 세 곳이 서로 이웃해 있다. 세인트 제임스 파크와 그린 파크 두 곳은 작다. 그리고 큰 곳은 하이드 파크.

이곳의 공원들은 모두가 매우 고요하고 아주 점잖다. 젊은 커플이 팔짱을 끼고 조용히 지나간다. 손에는 트랜지스터 라디오도 기타도 들지 않았다. 가족들이 잔디밭에서 차분하게 피크닉을 즐긴다. 개들도 마찬가지로 차분하게 좌우를 두리번거리지 않고 가죽끈에 매여 지나간다. 예외가 하나 있다. 한 여자가 조그마한 회색 푸들 한 마리를 데리고 온다. 내가 푸들에게 인사를 하자 그 푸들은 방향을 휙 틀어 언제 만나도 기쁜 친구를 보듯 나를 돌아보는데, 그 여자는 줄을 뒤로 잡아챈다.

"제발 그러지 마세욧!" 그녀가 나를 보고 새된 소리로 말했다. "얘한테 힘들여 예법을 가르치는 중이란 말예요."

나는 속으로 "개가 당신에게 예법을 가르쳐야 하는데 그러지 못하니 참 안됐다."는 생각을 했다. 문득 일요일 오후의 도그힐(Dog Hill)이 떠오르고 모두들 잘 지내고 있는지 궁금해졌다.

나는 도그힐로 하룻밤 피크닉을 다녀온 적이 있다. 나와 같은 건물에 살면서 영국산 양치기 개 한 마리를 키우고 있는 딕과 내 친구 니키와 나, 이렇게 세 명이 함께. 나는 차가운 칠면조 샌드위치와 데블드 에그를 준비했고, 딕은 보온병에 블러디 메리를 채워 넣었다. 그리고 우리는 양치기 개 체스터를 데리고 그 언덕으로 올라갔다. 니키는 사무실에서 곧장 그곳으로 와서 우리와 합류했다. 도그힐로 소풍을 가는 건 미친 짓이라는데, 딕과 나는 우리 한번 미쳐 보자며 의기투합했다. 우리는 6시 30분이 되어서야 도착했고, 대부분의 개들은 이미 집으로 돌아가 버린 뒤였다.

도그힐은 센트럴 파크에 있는 넓은 비탈로 세계에서 가장 널따란 개들의 사교장이다. 주말 오후면 40~50마리의 개들이 그곳에서 끈을 풀고 친구들을 만나는 것을 볼 수 있다. (사교적인 개가 아니라면 절대로 도그힐에 데리고 가지 않는다지만, 나는 비사교적인 뉴욕의 개는 한번도 못 봤다.) 날씨 좋은 날에는 온갖 보통 개는 물론 아프간 하운드와 노르웨이 엘크하운드부터 시추와 라싸 압소(Lhasa Apso)에 이르기까지 개란 개는 다 볼 수 있다. 개 주인들은 아이들의 파티에 따라간 부모들처럼 잔디밭에 앉거나 주위에 서서 개들이 뼈다귀나 공을 두고 갑자기 다툴까 봐 줄곧 눈을 떼지 않는다.

"조지, 얌전하게 놀지 않으면 집에 갈 거야!"

"마벨, 그 사람한테서 떨어져! 더 이상 아무 말도 듣고 싶지 않으니까, 당장 떨어지라고!"

사람들은 일광욕을 한다고 잔디밭에 팔다리를 뻗고 눕지 않는다. 그레이트 데인 두 마리와 콜리 한 마리가 경주를 할라치면 사람이 길목에 누워 있어도 그 개들이 사람을 피해

우회할 리 없으니까.

딕과 니키와 나는 언덕 꼭대기에 앉았다. 딕이 종이컵에 블러디 메리를 따랐다. 개 몇 마리가 언덕 중간쯤으로 내려가 놀고 있었다. 그리고 보통 때라면 양치기 개 체스터도 그들과 어울리려고 했을 것이다. 하지만 공원으로 가는 길 내내 피크닉 바구니의 음식 냄새를 맡았기 때문에 껑충껑충 언덕을 뛰어 내려가서 개마다 코를 대고 쿵쿵거리며 인사만 나누고는 다시 올라왔다. 저녁 먹을 때까지 우리 주위를 어슬렁댈 심산이었다.

그걸 눈치챈 나는 샌드위치를 꺼냈을 때 체스터에게 내 칠면조 고기 한 조각을 주었다. 내가 한 일은 그게 다였다. 5초도 안 돼 개들이 내 앞에 반원을 그리며 둘러섰다. 언덕에 남아 있던 개들이 몽땅 우리가 앉아 있는 장소로 온 것이다.

바셋하운드 형제인 샘과 시드, 로물루스란 이름의 그레이트 데인, 이름을 모르는 비글 한 마리, 그리고 아주 소심한 독일산 셰퍼드 강아지 헬가 등 다섯 마리의 개가 꼼짝도 안 하고 서서 나와 나의 칠면조 샌드위치에 눈독을 들이고 있었다. 비글은 침까지 흘렸다.

여분의 샌드위치 하나를 더 준비해 온 것이 있어서 내가 저지른 일을 해결하기 위한 제물로 샌드위치 하나를 투척하기로 하고 개들에게 차례차례 칠면조 고기를 한 조각씩 나뉘 주었다. (헬가는 매우 긴장한 상태였다. 한 발 나서서 자기 몫의 칠면조 고기를 받아먹고 싶은 마음은 굴뚝같지만 내가 자신을 물어뜯지 않을 거라는 사실을 그 애가 어찌 확신하겠는가?)

　양치기 개 체스터는 경쟁자가 너무 많다고 생각해서인지 그 자리를 떠서 니키의 샌드위치를 향해 종종걸음 쳤다. 그리고 내가 나머지 개들에게 마지막 칠면조 고기 조각을 먹이고 있을 때, 니키가 소리를 지르며 야단법석을 떨었다. 체스터가 그녀의 블러디 메리를 한 모금 마셨기 때문이었다. 딕이 명령했다. "체스터! 앉아!" 그러자 자신이 얼마나 잘 훈련받은 개인지를 보여주고 싶었던 체스터는 니키의 데블드에그에 앉았다. 니키는 급기야 화가 머리끝까지 올랐다. (그녀는 젊고 예쁘다. 1년 동안 런던 정경대학에 다녔고, 그 외에 고양이 애호가이기도 했다.) 나는 개를 꾀어 그녀에게서 떼어놓을 심산으로 돌아서서 체스터를 불렀다. 그리고 내가 등을 돌리던 그 순간 비글(생각해 보니 그 개의 이름은 모턴이었던 것 같다.)이 손도 대지 않고 남겨 둔 여분의 샌드위치를 집어 물고 언덕 아래로 달아났다.

　그 개의 엄마가 다가와 내게 사과를 하는 한편, 자기네 개가 치킨만 먹는데 오늘은 집에 가서 개에게 요리해 줄 필요가 없게 되어 고맙다는 말도 했다.

우리는 공원을 올라왔던 길을 통해 다시 내려가 72번가 입구까지 걸었다. 오면서 보니 야구 경기도 하고 있고, 59번가에서 울려 퍼지는 록콘서트 소리에 질세라 즉흥 연주하는 마림바 밴드도 있었다.

평화로운 세인트 제임스 파크에 누워서, 나는 도시의 정원이 그 도시민의 성격을 얼마나 많이 반영하는지 깨달았다. 런던의 공원은 고요하고 소음이 적으며 언행을 삼가는 분위기다. 나는 그것들이 좋다. 하지만 오래 있다 보면 시끌벅적 활기찬 센트럴 파크가 몹시 그리울 것 같다.

_____ 오후 9시

대령이 돌아왔다고 전화했다. 그는 눈부시게 아름다운 영국 시골의 어떤 지역이 가장 보고 싶은지 내게 물었다. 다음 주 금요일에 옥스퍼드에 갈 예정이므로 그가 기꺼이 나를 그곳에 태워다 준다면 무척 감사하겠다고 말했다.

"음, 그래요!" 그의 목소리가 쩌렁 울렸다. "우린 그보다 훨씬 더 월등하게 많은 일도 할 수 있습니다, 작가님! 목요일에 시간이 나면 자동차를 타고 코츠월드를 구경하고 제시간에 스트랫퍼드온에이번[1]에 도착해 저녁을 먹고 극장에 갔다가 금요일에 차를 몰고 옥스퍼드에 있는 작가님 친구들을 만나러 가면 됩니다."

나는 너무나 신이 났고, 내가 신이 났다는 사실이 나 자신에게도 놀라웠다. 나는 유명인의 생가에는 그다지 관심이 없는 사람이어서 내게는 셰익스피어가 글로브 극장에서 태어난 것이나 다름없다. 하지만 그가 나를 스트랫퍼드온에이번에 데려가겠다는 말에는 탄성을 내지르지 않을 수 없었다.

그에게 작은 여행용 가방을 저렴하게 살 수 있는 가게를 아는지 묻자 그가 대답했다.

"무슨 그런 말씀을! 내가 멋진 BOAC 백을 작가님께 보내드리겠습니다."

장담컨대, 짝퉁 공작부인이 되는 건 부지불식간이다. 필요한 게 뭔지 자신이 알기도 전에 사람들이 그걸 갖다주니 말이다. 이 짓을 한 달 이상 계속한다면 내 도덕의식이 크게 손상될 것 같다.

---

1   Stratford-on-Avon: 잉글랜드 중부 워릭셔주 남부 농촌 지대의 중심지. 에이번 강 연변에 있으며, 셰익스피어의 출생지로 생가와 묘가 있음.

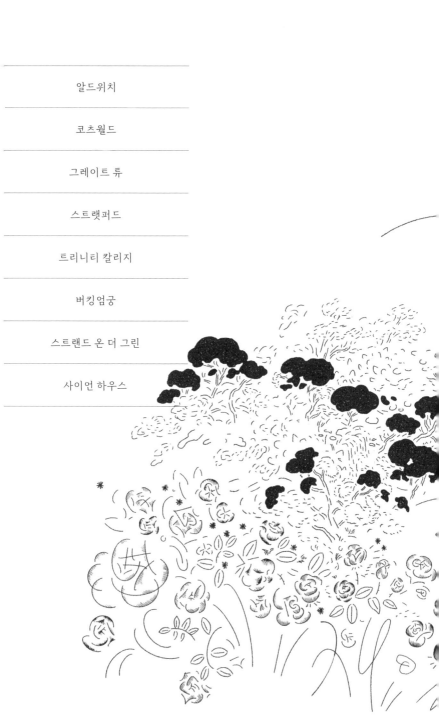

6.28~7.7

레오 마크스의 자동응답기에 내 번호를 남겨 놓았더니 그가 오늘 아침에 답신 전화를 했다. 그의 목소리는 아름다운 옥스퍼드 바리톤이다. (아니면 케임브리지 바리톤이거나. 그 차이점은 모르겠다.) 그와 그의 아내는 내일 저녁 일곱 시 만찬을 위해 나를 태우러 오기로 했다.

오늘은 그렌펠 부부와 저녁 식사를 하고 〈한여름 밤의 꿈〉 공연을 보러 가는 날이므로 오전에 나는 칵테일드레스를 들고 아래층으로 내려가 프런트 데스크의 젊은이에게 말했다.

"이거 오늘 저녁 5시 전에 다림질 좀 해 줄 수 있을까요?"

"드라이클리닝해 드릴까요, 아니면 세탁해 드릴까요?" 그가 물었다.

"아뇨, 다림질만." 내가 말했다.

그가 멀뚱멀뚱 나를 쳐다보았다.

"그걸 드라이클리닝 맡겨 드릴까요?" 그는 내가 러시아 사람이거나 귀머거리인 양 성의껏 한 단어 한 단어 힘을 주어 다시 말했다. "아니면 세탁실에 보낼까요?"

"드라이클리닝 혹은 물빨래는 원하지 않아요." 나는 그가 러시아사람이거나 귀머거리인 양 또박또박 발음했다. "다림질만 하고 싶어요. 구김살이 졌거든요."

이렇게 말하자 그는 어안이 벙벙한 모양이었다. 그는 잠깐 나를 멍하니 쳐다보았다. 그러고는 마음을 가다듬더니 웅얼거리는 소리로 "시일-례하겠습니다."라고 말하며 사무실 담당자와 상의하려고 자리를 떴다. 잠시 후 그는 돌아왔다.

"315호실로 올라가셔서 객실 청소부에게 이야기를 하면 아-아마 그녀가 도와줄 수 있을 겁니다."라고 그가 말했다.

나는 315호실로 올라가 노크를 하고 어머니처럼 인자하게 생긴 객실 청소부에게 나의 고충을 설명했다. 그녀는 이해한다는 듯 고개를 끄덕이며 "이리와 봐요, 손님."이라고 말하며 앞장서서 복도 끝으로 내려가더니 지하 감옥으로나 통할 것 같은 작은 문을 열었다. 방의 한쪽 구석에 다림질대와 구시대의 유물 같은 커다란 다리미 하나가 놓여 있었다.

"여기서 다리미질하면 돼요, 손님."그녀가 말했다."다리미 조심하세요, 전선이 닳아서 좀 너덜너덜하거든요."

이때쯤에는 내 신경도 닳아서 너덜너덜해진 것 같았다.

옷감은 (조심스럽게 다뤄야만 하는) 실크인데, 다리미는 손에 익숙한 기종이 아니어서 사용하기가 쉽지 않아 보였다. 나는 드레스를 들고 데스크로 내려가 안내원에게 그걸 드라이클리닝해 달라고 말했다. 그는 무척 안심하는 듯했다. 다림질이 필요 없는 화학섬유를 몹시 싫어하면 이런 대가를 치르게 된다.

———— 나중에

걸어서 월도프 호텔을 찾아가던 중에 길을 잃고 두 블록을 지나쳤다가 황급히 뒤돌아 헐레벌떡 로비로 들어갔다. 10분이 늦었다. 그리고 화면에서 본 모습과 똑같아 보이는 조이스 그렌펠이 나를 맞으러 나왔다. 호텔 출입문을 줄곧 지켜보고 있었던 게 틀림없다.

그녀는 앞장서 식당으로 들어가더니, 그녀가 평소에 '레지이!'라고 부르는 자신의 남편 레지널드 그렌펠, 그리고 오스트레일리아에서 온 그들의 지인인 유명한 의사 찰스 경과 레이디 피츠를 내게 소개했다. 나는 자리에 앉으며 이 걸출한 네 명의 인물이 '나를' 만나고 싶어 했다는 사실에 갑자기 전율을 느꼈다. 정말이지 인생은 기대했던 것 이상인 것 같다. 몇 년 전만 해도 나는 거의 글을 쓰지 못했고, 써 놓은 글을 돈으로 바꿀 수도 없었다. 수익을 거둬들일 시기는 죄다 지나가 버렸고, 기회를 맞아 최선을 다했지만 실패했다. 그리고 중년의 후반을 막 넘어갈 때 내 앞에 기적이 기다릴 줄을 어찌 알 수 있었겠는가? 모두 알다시피, 〈채링 크로스 84번지〉는 베스트셀러가 아니었다. 따라서 그 책으로 내가 부자가 되거나 유명한 사람이 되지는 않았다. 그로 인해 전혀 알지 못하는 사람들로부터 수백 통의 편지와 전화를 받았을 뿐이다. 사람들은 내게 멋진 리뷰들을 안겨 주었다. 그 일로 나는 아주 오래전에 어딘가에서 잃어버렸던 자신감과 자존감을 되찾았다. 얼마나 오래전에 잃어버렸는지는 신만이 아시리라. 그 책이 나를 영국으로 데려다주었다. 그 책은 나의 인생을 바꿔 놓았다.

그렌펠 부부는 자신들, 그리고 오스트레일리아에서 온 부부를 위해 4인의 특별석을 준비해 놓았다. 그러고 나서 내가 런던 시내에 머물고 있다는 기사를 읽게 된 조이스가 나도 초대했다. 그러면 레지널드는 그의 특별석을 내게 양보하고 발코니로 가서 앉아야 하는데도 말이다. 몸 둘 바를 모르겠다.

그 덕에 공연계의 유명 인사와 함께 극장 통로를 걸어 내려가는 경험을 했다. 모든 관객의 눈이 그녀에게 쏠렸다. 우리 일행이 좌석에 앉을 때, 목을 길게 빼고 우리를 지켜보는 사람들의 기척이 느껴졌다.

피터 브룩이 연출하는 작품들은 원래 파격적이다. 절반은 연극, 절반은 시끌벅적 떠들썩하다. 그렌펠 부인은 초반부터 넋이 나갔다. 나는 줄곧 퍽[1]이 막대에서 떨어지지는 않을까, 접시로 저글링을 하다 접시를 떨어뜨리지 않을까 조마조마해서 눈을 뗄 수가 없었다. 2막의 반쯤에 이르러 나는 갑자기 가슴이 뭉클했다. "분하지만 이 공연이 좋다."는 생각이 들었다. 셰익스피어가 저렇게 무대를 휘저으며 폭발하는 걸 보고 있으려니 흥분해서 죽을 것만 같다.

그렌펠 부부는 오스트레일리아에서 온 부부에게 작별 인사를 한 다음 나를 숙소에 바래다주었다. 운전은 조이스가 했다. 새로 뽑은 자동차였고, 레지널드는 새 차의 기분을 조이스가 느껴 보기를 원했기 때문이다.

조이스는 블룸즈버리에서 엄청 헤맸다. 이곳의 일방통행로는 운전자들을 미치게 만든다. 길을 잘못 들었을 때 올바른 방향으로 가는 길을 찾으려면 다섯 블록은 돌아야만 한다. 조이스는 그레이트 러셀 스트리트의 건너편 섀프츠버리 애비뉴(Shaftsbury Avenue)에 나를 내려 주면 **안 된**다고 생

---

1   Puck: 〈한여름 밤의 꿈〉에 등장하는 장난꾸러기 요정.

각했고, 블룸즈버리 스트리트의 모퉁이 부근에 내려 주어도 **안 된다**고 생각했다. 내가 묵고 있는 호텔 입구는 그레이트 러셀 스트리트에 있었고, 조이스는 신께 맹세코 나를 호텔 출입문 앞에 내려 주겠다고 작정**하고** 있었다. 그녀는 30분 동안 남북으로 왔다갔다한 뒤에 의기양양하게 그 일을 해냈고, 나의 축하를 품위 있게 접수했다.

조이스는 그들 부부가 "휴가를 갈 계획"이지만 '교회와의 대화' 일정 때문에 7월 13일에 돌아올 것이라고 말했다. 그녀는 매달 칩사이드(Cheapside)에 있는 세인트 메리르보 교회(St. Mary LeBeau's Church)의 정오 예배에서 사랑과 아름다움의 속성에 대해 목사와 대화를 나누는 프로그램을 진행하고 있다. 그녀는 내게 7월 13일의 대화 시간에 와서 저녁 식사까지 함께하면 안 되겠는지 물었다. 그다음에 자신들이 나를 태우고 관광을 시켜 주겠다고 했다. 나는 그녀에게 7월 15일까지 이 나라에 계속 있고 싶지만, 13일에 여기에 있을지는 확실하지 않다고 말했다.

2막을 보는 동안에 결국 감기에 발목을 잡혔다. 기침이 시작되었고, 그걸 필사적으로 참느라 숨이 막힐 지경이었다. 나는 조이스 쪽으로 몸을 기울여 귓속말로 사과했다.

"주말부터 내내 감기와 싸우고 있답니다."

그녀는 잠시 현재 상황을 헤아려보더니 몸을 숙여 귀엣

말로 말했다.

"아! 기침을 하세요."

그래서 나는 기침을 하고 있다. 침대에 꼿꼿이 앉아서 잔기침을 하고 코를 훌쩍이지만 그래도 나는 울적하지 않다. 깊은 최면에 걸린 상태로 살고 있는 것 같다. 고국에 엽서를 부칠 때마다 반송 주소로 유포리아(Euphoria)라고 적을 수도 있겠다.

지금 나는 본격적으로 감기에 걸린 이튿날 아침이면 겪게 되
는 증상을 느끼면서 식당에 앉아 네 잔째인가 다섯 잔째 커
피를 마시고 있다. 레오 마크스에게 전화를 걸어 저녁 약속
을 취소할 생각이지만, 하루 종일 호텔에 있다 보면 저녁쯤
에는 호텔을 벗어나 약속을 지킨답시고 만나서 그들 얼굴에
대고 기침을 하지 않으려고 애를 쓰고 싶어질지도 모른다.

식당에서 점차 사람들이 빠져나가고 있다. 이 식당은 오
전 여덟 시에서 아홉 시 사이에 손님이 꽉 들어차서 웨이터
들이 정신을 못 차린다. 이 호텔의 객실요금은 '영국식 아침
식사'를 포함하고 있어, 투숙객들은 모든 걸 다 먹을 수 있다.
과일 주스와 시리얼, 베이컨과 달걀, 토스트와 마멀레이드,
차와 커피. (그리고 커피포트를 들고 온 웨이트리스는 "블랙,
아니면 화이트?"라고 묻는다.)

아침 단골손님들 중에는 지방에서 사업차 올라온 영국

버전의 윌리 로만[1]들과 '연합 왕국(The U.K.)' 방방곡곡에서 혼자 여행하러 온 몇 안 되는 중년 부인들이 끼여 있다. (그곳 사람들은 절대로 '위대한 영국(Great Britain)'이라는 단어를 사용하지 않는다. '연합 왕국'이라고 말한다.) 얼굴에 핏기가 없고 콧날이 뾰족한 몇몇 교수들이 대영박물관에 들어가 하루 종일 구경해도 견뎌 낼 만큼 음식물을 잔뜩 섭취하고 있다. 그들 모두 점심은 요구르트로 때울 생각인가 보다.

오늘 아침, 얼굴이 말끔한 젊은 사제 한 명을 대동하고 콘퍼런스에 참여하기 위해 여기 온 나이 지긋한 스코틀랜드 부인들이 긴 탁자에 둘러앉아 공개 좌담회. 부인들은 하나같이 시끄러워서 한숨도 못 잤으며 자동차들이 **밤새도록** 거리를 지나다닌다고 불평했다. 내 방은 그동안 잠을 잤던 곳 중 가장 조용했다. 그 사람들은 새벽 3시면 트럭들이 부릉대기 시작하는 뉴욕 2번가에서 이불을 뒤집어쓰는 경험을 해 봐야 한다.

이 호텔에는 여행에는 심드렁하면서도 태도는 예의 바른 아이들과 함께 여행 온 러시아인과 체코인 가족이 많다. 중

---

1 Willie Loman: 미국 작가 아서 밀러의 희곡 〈세일즈맨의 죽음〉에 등장하는 주인공의 이름.

년의 독일 여행객 무리들 때문에 더 정신이 없다. (젊은이들에게는 신경 쓰지 않아도 된다. 그들은 신경 쓰이는 일을 하지 않으니까.) 여행객 무리들은 모두 식사를 하면서도 한쪽 눈은 계속 시계에 가 있다. 버스 투어를 신청했기 때문이다. 그리고 버스는 9시 정각에 호텔을 떠난다. 9시 2분 전 러시아인, 체코인, 독일인 무리들이 일제히 웅성거리면서 느릿느릿 빠져나가 줄을 선다. 체코인들은 읽지 못하는 간판들을 보고 이리저리 손짓 발짓을 하고, 독일인을 이끄는 인솔자는 "아흐퉁(조심하세요)!" "할터(멈춰요)!" 라고 외치며 사람들에게 줄을 서도록 한다. 러시아인들은 그저 묵묵히 버스를 찾아가 탄다.

지금까지는 내가 유일한 미국인이었는데, 오늘은 다른 미국인들이 처음으로 아침 식사시간에 나타났다. 세 명의 캘리포니아 여대생들로, 금발과 그을린 피부, 눈부신 건강미를 내뿜고 있었다. 그들은 영국식 아침식사로 모든 걸 공짜로 먹을 수 있는지, 즉 객실 요금에 식사가 무료로 딸려 나온다는 뜻인지에 대해 열심히 이야기하고 있었다. 나는 웨이트리스에게 커피를 더 부탁했다. 나의 미국식 억양을 듣고 그중 한 명이 내가 앉은 테이블로 다가와 무엇을 주문할 수 있는지, 팁을 주어야 하는지 물었다. 나는 아니다, 호텔 측에서 객실료에 팁으로 12퍼센트를 추가해서 청구한다고 말해 주었다. 내가 첫날에 만난 웨이터 알바로는 팁을 주려고 하자 기겁을 하며 말했다. "안 돼요, 안 돼요! 요금에 다 포함된 거예요!"

이제 지난 주말의 신문들과 거기에 실린 악마 같은 십자말풀이를 들고 내 방으로 물러나 엄마가 예전에 늘 하시던 말씀처럼 '좋지 못한 건강을 즐기며' 오전 시간을 보내야겠다.

<u>범죄 논평</u>
토요일 석간 신문에서:

교수에게 벌금 50파운드
윔블던에서
소녀를 성추행해

런던 대학의 54세 통계학 교수… 윔블던 테니스 대회에서 모욕 행위 혐의로 오늘 법정에 나왔다.

그는 1번 코트의 입석 관중석에서 성추행한 혐의가 인정돼 50파운드의 벌금형을 받았다.

임시 파견직 경찰관인 패트릭 도일은 윔블던 치안판사들 앞에서 피고인이 18세 소녀에게 한 팔을 두르고 그녀의 가슴을 움켜쥐었다고 말했다.

유부남인 피고인이 말했다.

"제가 순간적으로 정신이 나가서 그랬나 봅니다."

"저와 같은 사회적 위치에 있는 남자가 그런 짓을 하다니, 정말이지 어처구니가 없습니다."

한 윔블던 심판… 66세, 역시 윔블던에서 모욕 행위 혐의로 기소당했다. 모두 열 명의 남자들이 이 혐의를 받았던 것으로 드러났다.

육순이 넘은 심판은 어찌나 운이 좋았던지, 신문에 그의 사진까지 실렸다.

구인 광고 하나는,

버킹엄궁. 메인 키친의 중앙 세척실 결원, 여성 지원자만 가능. 출퇴근… 런던 SW 1번지 버킹엄궁 왕실 내무장에게 서면으로 지원할 것.

왕실 가십을 듣기 위해서라도 저 일을 하루 해 보고 싶지 않으신가요?

레오 마크스가 7시에 로비에서 전화했다. 나는 실크로 된 드레스와 코트를 입고, 새빨갛게 부푼 코에 눈물이 마르지 않는 눈으로 내려가 그를 만났다. 검은 머리에 멋진 외모의 레오가 말했다.

"안-녕하세요, 당신이 오셔서 정말 기쁩니다. 다시 올라가서 코트 입고 오시지요. 날씨가 쌀쌀하고 비도 옵니다."

나는 객실로 올라가 낡은 청색 코트를 입고 다시 내려가 그에게 말했다.

"당신 때문에 내 의상 콘셉트가 맞아떨어지지 않게 됐잖아요."

작은 키에 금발인 그의 아내 엘레나가 진지하게 말했다.

"식당에 도착하면 코트를 벗어요. 우린 호텔에서 저녁을 먹을 거니까 로비에서 벗으면 될 거예요!" 그러고는 나를 곁눈질하면서 과연 그래도 좋을지 내 상태를 조심스레 살폈다.

그녀는 연약해 보일지 모르나, 그렇지 않다. 오히려 강인한 느낌을 준다. 키 작은 금발의 운동선수로 보일 수도 있지만 그녀는 초상화 화가다. 엘레나 고센(Elena Gaussen)이란 자신의 이름으로 그림을 그린다. 레오가 들려 준 이야기에 의하면 엘레나는 여배우인 헤일리 밀스(Hayley Mills)와 파멜라 브라운(Pamela Brown)의 초상화를 그렸고 온갖 상을 휩쓸었다고 한다. 그런데 엘레나는 아직 그럴 만한 나이로는 보이지 않는다.

그들은 나를 플라자 호텔과 무척 비슷해 보이는, 아주 오랜 전통의 우아한 스태퍼드 호텔에 데리고 갔다. 나는 막힌 코가 뚫릴까 해서 마티니 두 잔을 마셨고, 그러면서 레오가 진을 즐겨 마시는 사람이라는 걸 알았다. 그 역시 TV와 영화 대본을 쓰는 작가였다. 레오와 나는 동일 인물인 어떤 TV 제작자를 위해 다른 시즌에, 다른 대륙에서 일했다는 사실을 알게 되었다. 엘레나를 옆에 두고 우리 두 사람은 우리의 일과 관련된 이야기를 나눴다. 엘레나는 언짢게 여기지 않았다. 그녀는 우리 둘 다 엄청 재치 있다고 여긴다.

레오는 엘레나를 '꼬맹이'라고 부른다.

"꼬맹이, 랍스터 또 먹을래?"

그는 내게 피아니스트 아일린 조이스(Eileen Joyce)를 알고 있느냐고 묻고는 말을 이었다.

"그녀가 최근에 대영제국의 데임[2]이 됐거든요. 그래서 예복에 훈장을 달고 있는 자신의 초상화를 꼬맹이가 그려

---

2 기사작위를 받은 사람이 영국인이거나 영연방 국가 출신일 경우 남성은 이름 앞에 'Sir', 여성은 'Dame'이라는 경칭을 붙인다.

주기를 기다리고 있답니다."

영화를 관람하러 가기에는 너무 늦은 시간이 되어서야 엘레나는 내게 레오의 영화 한 편이 이 호텔 바로 옆에 있는 영화관에서 상영 중이라고 말해 주었다. 나는 그 말에 깊은 인상을 받았다. 영화 대본이 작가의 역량을 최대치로 발휘해야 쓸 수 있는 가장 어려운 형식이라고 줄곧 믿어 왔기 때문이었다.

"말씀 좀 해 보세요." 레오가 말했다. "당신은 멋진 책을 썼잖아요. 왜 우리가 더 빨리 당신 이름을 들을 수 없었던 거죠? 당신의 이전 작품에 무슨 문제가 있었던 겁니까? 너무 훌륭했거나 별로 훌륭하지 못했던 거겠지요."

"별로 훌륭하지 못했어요." 내가 말했다. 그러자 레오는 고개를 끄덕이며 다른 이야기로 화제를 돌렸다. 그와 내가 소울메이트가 된 것 같다는 생각을 하게 된 건 바로 그 순간이었다.

믿기 어려울 정도로 멋진 저녁이었다. 나는 그들을 다시 만나고픈 마음이 간절하지만 전화해서 그러자고 할 만큼 배짱이 두둑하지는 않다. 잘 대접받을 중요한 손님이 되려면 그 나름의 예의범절을 지켜야 한다.

콜록-콜록-콜록-콜록-콜록.

유명인사가 된다는 건 아침 식사 중 세 통의 전화를 받는다
는 사실을 의미한다. 첫 번째 전화를 받고 테이블로 돌아오
면 달걀 요리들이 식어 있고, 두 번째로 돌아오면 달걀 요리
는 모두 사라지고, 세 번째는 새로 만든 달걀 요리 한 접시를
가지고 로비로 나가 전화를 받게 된다는 의미다.

조이스 그렌펠이 전화를 걸어 내 감기에 차도가 있는지
묻고는, 13번가의 자신이 있는 곳으로 오라고 했다. 나는 그
러겠다고 대답했다. 호텔 전화 교환원이 그녀의 목소리를
알아듣고 고객용 전화 부스에 연결하지 않고, 내가 데스크
로 가서 전화를 받도록 했다. 내가 수화기를 내밀어 조이스
가 레지널드에게 무언가 원하는 게 있을 때 부르는 이름인
"레지이!" 소리를 들을 수 있게 해 주자 전화 교환원과 캐셔
둘 다 너무 좋아서 쓰러진다.

노라가 전화를 했다. 꺽꺽거리는 나의 쉰 목소리를 듣더

니, 자신이 간호해 줄 수 있도록 내가 북런던으로 오면 안 되겠느냐고 말했다. 그녀가 할 수 있는 건 여기까지였다. 프랭크가 세상을 떠난 뒤 정규직으로 일하고 있기 때문이다.

대령이 전화로 BOAC 가방이 "오늘 오전쯤 도착할 것"이며, 스트랫퍼드와 옥스퍼드 관광을 위해 내일 아침 10시에 나를 차로 데리러 오겠다고 말했다.

아침 식사를 마치고 나서 크리넥스와 목캔디를 사러 길 건너편 동네에 갔다. 그레이트 러셀 스트리트에 있는 호텔의 맞은편인 그곳에는 작은 가게들이 줄지어 있었다. 문구점, 남녀공용 미용실, 영화 관련 서점, 건강식품도 함께 판매하는 인도 식당 등등. YWCA에서 운영하는 대형의 여성전용 호스텔 건물, 그리고 모퉁이에는 과일 노점도 하나 있었다. 복숭아를 좀 사려고 과일 가게 앞에서 발을 멈췄다. 돈을 거슬러 받기 위해 기다리는 동안 문구점 밖의 유리문 달린 게시판에 눈길이 닿았다. 거스름돈을 받은 다음 게시판의 내용을 읽으러 갔다. 언뜻 보기에는 게시글이 판매 상품 품목 및 구직 광고 같지만, 끝까지 읽어 볼 필요도 없이 내용을 잘못 이해하고 있었다는 걸 금세 깨닫게 된다. 하지만 순진한 사람들에게는 아무리 보여줘도 모든 공지글이 순수해 보인다. (다음은 그 게시판의 전체 내용이다.)

핫팬츠 팝니다. 전화 ·································

―――――

전직 여배우가 가르칩니다. 프랑스어 혹은 기타 등등.
전화 ··

―――――

남성 모델. 모든 서비스. TV, 사진사, 고무, 가죽.
올바른 훈련. 전화 ·······························

―――――

모델이 색다른 일자리를 찾습니다. 미스 쿠처.
전화 ···

―――――

귀여운 신형 금발머리 인형 팝니다. 걷고 말함.
전화 ···

―――――

조련사 톰이 아주 깐깐하게 훈련시켜 드립니다.
전화 ···

―――――

프랑스 아가씨. 경험 풍부한 전직 가정교사.
새 학생을 찾습니다. 남녀. 전화 ··············

―――――

륙색(rucksacks) 세 개 구함. 상태 좋음. 합리적 가격. 그레이트 러셀 스트리트의 YWCA로 연락 바람.

오후 5시 30분에 엘레나가 감기에 좋은 레몬, 꿀, 라임주스를 가득 담은 갈색 종이봉투를 들고 불쑥 찾아왔다. 그녀는 아침 내내 내게 전화를 걸어 수다를 떨고 싶은 마음이 굴뚝 같았지만, 그러기에는 조심스러웠다고 말했다. 나는 우리 두 사람이 너무 감정을 잘 드러내지 않는 성격이라고 말해 줬다. 엘레나는 자기네 부부와 내일 저녁 식사를 같이하기를 원했다. 내일은 내가 스트랫퍼드에 가 있겠지만 다음 날인 금요일에 돌아올 것이라고 말했다. 엘레나의 얼굴이 어두워졌다.

"금요일에는 우리가 시골에 가거든요. 7월 10일 전에는 못 돌아와요!" 엘레나가 말했다.

"걱정할 거 없어요." 내가 말했다. "7월 15일까지 머물기로 굳게 마음먹었으니까."

그녀는 괴로운 표정을 지었다.

"그렇게 빨리 돌아갈 수는 없어요! 우린 이제야 겨우 당신을 만났단 말이에요!" 엘레나가 조심스레 나의 눈치를 살피면서 말을 이었다. "저기, 여행비용이 다 떨어지면 시골에 있는 우리 집에 내려가서 있는 게 어떨까요? 우리는 10일 이후에는 전혀 사용하지 않을 거예요. 거기서 여름내 지내도

된답니다. 주말에 우리가 내려가서 함께 있어도 괜찮다면."

사람들이 내 마음을 무장해제시켜 버린다.

엘레나는 레오와 만나기로 한 시어머니 댁으로 방금 전
에 떠났다.

BOAC 가방이 도착했다. 나는 대령에게 전화를 걸어 고
맙다는 인사를 했다. 그는 많이 먹어야 한다
고 내게 조언해 줬다.

"항상 감기를 잘 먹여야 해요. 세
균에게 먹을 걸 주지 않으면 그것들이
사람을 먹고 살거든요."

나중에

나는 '치킨 메릴랜드(Chicken Maryland)'를 주문했다. 요리
가 나온 다음에 보니, 닭고기를 얇게 썰어 빵가루를 입혀 송
아지 커틀릿처럼 납작하게 튀긴 데다 베이컨 한 조각과 큼직
한 소지지 하나를 곁들인 음식이었다. 디저트는 '쿠페¹ 자메

---

1   coupe: 아이스크림과 셔벗을 과일과 거품 낸 크림 등으로 장식한 디저트. 혹은
    그것을 담은 유리 용기. 쿠페는 컵, 잔, 술잔, 쿠페형 자동차 등의 의미도 있다.

이카(Coupe Jamaica)'였고, 나는 주문하지 않았지만 옆 테이블에 앉은 커플이 그것을 주문했다. 통조림 파인애플 한 조각 위에 봉긋하게 얹은 바닐라 아이스크림에 가늘고 기다란 과자를 꽂은 것. 닭이 메릴랜드를 혼란스럽게 만든 것만큼이나 아마도 자메이카를 혼란스럽게 할 듯하다. 하지만 파리의 어떤 식당에는 '미국식 프렌치 프라이'라는 메뉴가 있다는 말도 누군가에게 들은 적이 있다.

나는 호화로운 모텔 방 침대에서 이 글을 쓰고 있다. 바닥 전체에 깔린 카펫, 편안한 의자, TV, 화장대, 연보라색 타일을 붙인 예쁜 욕실. 이런 건 케닐워스 호텔에서 생활하는 동안에는 한번도 누려 본 적이 없었다.

세상에서 가장 다정하고 속 깊은 사람으로 나는 우리 대령을 꼽아야 한다고 말하련다. 우리가 런던을 떠날 때 하늘은 여느 때처럼 흐렸고, 그 잿빛 하늘이 한동안 이어졌다. 나는 목마른 사람이 물을 갈구하듯 햇빛이 간절히 그리워지기 시작한다고 그에게 말했다. 우리 차는 코츠월드에 들어섰다. 오전 나절이 지날 무렵 하늘이 맑아지고 잠깐 햇빛이 들었다. 그러자마자 대령이 나를 위해 길가에 차를 대고 뒤 트렁크에서 접의자를 꺼내 풀밭 위에 펼쳐 준 덕에 나는 해가 나는 얼마 동안 햇빛 속에 누워 있을 수 있었다. 그는 아내가 암으로 '지옥과도 같은 2년의 세월'을 보내고 죽었다는 이

121

야기를 해 주었다. 대령은 그 일을 견뎌 내며 더욱 멋진 사람이 되었음이 틀림없다.

우리는 스토크 포지스(Stoke Poges)를 통과했다. 대령은 나에게 거기가 토머스 그레이[1]의 시에 등장하는 시골 묘지가 있는 곳이라고 말했다. 그레이의 〈애가An Elegy〉는 우리 어머니가 제일 좋아했던 시였고, 나는 그 묘지를 구경하고 싶었지만 우리에게는 그곳을 에둘러가기 위해 지체할 시간이 없었다.

차를 몰면서 대령은 자신이 알고 있는 한 사별한 부인이 어떤 남자와 사랑에 빠졌고 이탈리아에 있는 그의 시골 저택에 초대받았다는 이야기를 장황하게 들려주었다. 그곳에 도착한 그녀는 자신이 혼자 사용할 방이 없다는 것을 눈치 챘고, **침대**가 있는 자신의 방을 그녀와 함께 쓰려고 했던 그 남자의 의도가 **빤히** 보였다는 이야기였다. 그리고 대령은 "음, 내가 하고자 하는 말은,"이라고 운을 떼더니, 그 부인은 결코 그런 부류의 사람이 아니었으며, 오직 그 한 가지 목적

---

1 Thomas Gray, 1716-1771: 영국의 시인. 런던에서 태어나 이튼 칼리지와 케임브리지 대학에서 수학. 한때 스토크 포지스에서 어머니와 두 누이와 함께 가난하게 살았다고 한다. 〈시골 묘지에서 쓴 애가An Elegy Written in a Country Churchyard〉는 명성도 재산도 얻지 못한 채 땅에 묻히는 서민들에 대한 동정을 애절한 음조로 노래한 걸작이며, 이 작품으로 그레이는 18세기 중엽을 대표하는 시인이 되었다.

만을 필요로 했던 망나니 같은 인간이 있다는 사실에 충격을 받았다고 말했다. 나는 대령이 자신과 관계없는 이야기를 왜 했는지 이유가 궁금했다. 그러다 문득 이건 스트랫퍼드에서 대령이 침대를 나와 함께 사용할 것을 기대하지 않는다는 사실을 내게 확신시켜 주기 위한 재치 있는 방법이었다는 걸 깨달았다. 난 그런 생각은 해 본 적이 없었다. 대령은 너무도 예의범절에 엄격하고 전통적인 사고방식을 지닌 사람이었기에 그런 일은 성미에 맞지 않았을 것이다.

그는 출판 일을 하다가 은퇴하고 아내를 간호했으며, 아내가 죽은 뒤에는 재미 삼아 히스로 공항에서 일을 하게 되었다고 했다.

"어떤 남자가 부인과 다 큰 딸들과 언짢은 기색으로 함께 서 있는 것을 보면 난 남자에게 걸어가서 말을 걸죠. '선생님, 이 숙녀분들 중에 어느 분이 부인인가요?' 그러면 남자가 미소를 지어요! 그리고 그의 부인 얼굴도 환해집니다!" 그리고 대령은 커다란 소리로 껄껄 웃었다.

"있잖아요, 좀 의기소침해 보이는 중년 부부를 보게 되면 난 다가가 이렇게 묻습니다. '신혼여행 중이신 모양이죠?' 그때 당신이 그들 얼굴을 봤어야 하는 건데! 그 사람들은 내가 우스갯소리를 하고 있다는 걸 압니다. 어떤 사람들은 긴가민가하기도 하지만. 그런데도 아무튼 사람들은 그런 말을 들으면 기뻐하지 않을 수가 없어요.”

"넓은 공항에서 무척 지치고 또 낯설기도 해서 울고 있는 아이를 볼 때도 있습니다. 아이들은 배도 고프고, 집에 가고 싶어 하지요. 그렇게 울고 있는 아이를 보면 난 그 아이의 부모에게 다가가서 물어요. 내 딸은 다 자라서 그러는데 어디 가면 멋진 꼬마 아가씨를 볼 수 있는지 아느냐고. 그다음에 울고 있는 그 여자애를 우연히 발견한 것처럼 말하는 거죠. 그 아이가 내가 찾고 있던 바로 그런 꼬마 아가씨라고 말입니다. 그러고는 그 애를 내 딸로 삼아도 되느냐고 묻죠.” 그는 이야기를 하나씩 끝낼 때마다 순수한 기쁨에 겨워 아주 호탕하게 웃는다.

코츠월드는 내가 늘 생각하고 있던 그대로다. 엘리자베스 1세 시대 이후로 변하지 않은 모습 그대로인 듯 보이는 초록빛 전원 지대가 펼쳐지는 영국의 마을들. 우리가 점심을 먹었던 마을 교회 근처의 펍에서 "햄프던[2]이 혁명을 시작했다."고 대령이 알려 주었다. 햄프던이 어떤 사람인지 모른다고 그에게 말할 만큼의 용기가 내게는 없었다.

스트랫퍼드는 옥스퍼드를 지나서 있으므로 우리는 지금

---

2   John Hampden, 1594-1643: 영국의 정치가. 옥스퍼드 대학과 템플 법학원에서 공부하고 하원의원이 되었다. 국왕 찰스 1세가 의회의 동의 없이 부과한 선박세의 지불을 거부, 재판에서는 패소했으나 이 사건이 혁명의 도화선이 되었다.

왔던 길을 내일 되짚어 간다. 옥스퍼드 도로 표지판들을 지났다. 나는 그에게 그레이트 튜(Great Tew)에 대한 이야기를 꺼냈다. 몇 해 전에 어떤 이가 내게 엽서 한 장을 보냈는데, 언덕 중턱의 초가집 다섯 채를 찍은 사진엽서의 뒷면에 이렇게 적혀 있었다.

이곳은 그레이트 튜입니다. 지도에는 나와 있지 않아요. 옥스퍼드로 가는 길에 헤매야 합니다.

그 사진은 영국의 시골 풍경을 너무도 이상화해서 보여주고 있어서 나는 그런 마을이 실제로 존재하리라고는 믿지 않았다. 나는 그 엽서를 한 시간마다 쳐다보곤 했다. 나는 그 엽서를 옥스퍼드 영어 시가집에 붙여 두고 몇 년째 계속 쳐다보는 중이었다.

"좋아요!" 도전 정신에 발동이 걸린 대령이 말했다. "바로 그레이트 튜를 찾아서 그곳이 아직도 그대로인지 봐야만 하겠습니다."

그가 코츠월드의 이곳저곳을 누빈 끝에 우리는 튜(Tew)와 리틀 튜(Little Tew)를 가리키는 표지판을 발견하고 모퉁이를 돌았다. 거기에 내 엽서에서 보았던 것과 똑같이 보이는 그레이트 튜가 있었다. 초가지붕에 돌로 지은 옛날 집 다섯 채가 여전히 그 언덕 중턱에 자리잡고 있었다. 대령은 그 집들이 지어진 시기는 헨리 8세 시대로 거슬러 올라간다고 말했다. 500년이 지난 지금도 사람들이 여전히 그 안에서 살고 있다. 창가에는 하얀 커튼이 쳐져 있고, 꽃을 심은 플라워 박스가 놓여 있었고, 집 앞의 잔디밭마다 장미정원이 있었다.

대령은 차를 세웠다. 다른 차는 하나도 보이지 않았다. 우리는 차 밖으로 나왔다. 초가집들이 늘어선 길을 따라 내려가면 마을에서 초가집 외의 유일한 다른 건물인 한 칸짜리 잡화점이자 우체국이 있었다. 우리는 그곳에 들어갔다. 거기에는 운영자인 여성 말고는 아무도 없었고, 밖을 돌아다니는 사람도 눈에 띄지 않았다.

대령은 아이스크림을 샀다. 나는 우유 한 잔을 달라고 했는데, 건네받은 건 1쿼트[3]짜리 병과 빨대 하나였다. 대령은 여주인에게 내가 "뉴욕에서 여기까지" 왔으며 "특별히 그레이트 튜를 보고 싶어 한다."고 말했다. 그들이 이야기를 나누는 동안 나는 쿼트 병을 부여잡고 여주인이 혹 서운해할까 봐 적어도 우유병의 절반인 1파인트까지는 마셔 보려고 무진 애를 썼다. 나는 그만큼을 마시고 병을 놓기 위해 눈

---

3 1쿼트: 영국과 캐나다에서는 약 1.11리터, 미국에서는 0.95리터.

에 잘 띄지 않는 장소를 찾아 두리번거리다 가게가 갑자기 사람들로 가득찬 것을 발견했다. 남자들은 챙이 달린 모자를 쓰고, 여자들은 프린트 드레스를 입고 있었다. 나는 그들에게 길을 비켜 주었다. 그들은 모두 카운터에서 담배와 신문을 샀다. 아이 몇 명이 들어왔다가 여주인에게 쫓겨났다.

아이스크림을 다 먹은 대령은 내 손에서 우유병을 빼앗더니 반 남은 우유를 물인 양 쏟아 버렸다. 그리고 우리는 떠났다.

"흠!" 차를 세워 둔 곳으로 걸어가면서 대령이 말했다. "우리가 그 사람들에게 한 달 동안의 이야깃거리를 준 셈입니다! 외계에서 온 사람들을 보기 위해 온 마을 사람들이 가게에 들어온 거 눈치채셨어요? 사람들은 런던 번호판이 붙은 내 차를 보자마자 달려온 겁니다. 여주인이 아이들을 쫓아내는 거 보셨죠? 어른들 모두가 들어올 수 있는 공간을 만들기 위해서 그랬어요. 여기서는 한 해가 다 가도록 여행 오는 사람을 못 봅니다. 뉴욕에서 온 사람? 평생 못 보죠!"

그리고 우리가 있는 이곳은 런던에서 자동차로 두어 시간 거리였다.

내가 아는 사람들 중 스트랫퍼드에 갔었던 사람들은 하나같이 그곳은 관광객에게 바가지를 씌운다고 주의를 주었다. 그래서 난 그에 대한 준비가 되어 있었다. 우리 차가 스트랫퍼드로 진입하면서 처음 본 건 **주디스 셰익스피어 윔피 햄버거 바**[4]의 거대한 광고판이었다. 대령은 화가 나서 얼굴이 붉으락푸르락했다. 그런 건 아무래도 좋다. 사람들은 셰익스피어의 집을 찾아 입장료를 내고 안으로 들어간다. 거대한 난간을 잡고 계단을 걸어 올라가고, 침실에 들어가 벽을 만져 볼 뿐이지만, 그러고 나서 다시 내려와 부엌에 서서 셰익스피어가 자랄 때 매일 들락거리던 모습을 상상하다 보면, 태어나서부터 영어를 쓰는 사람은 누구나 감동이 뼈에 사무친다.

우리는 번쩍거리는 현대식 극장에서 〈헛소동Much Ado〉을 관람했다. 매우 상투적이었고, 배우들의 연기도 별로였다. 대령은 공연 내내 잠을 잤다. 난 그를 탓하지 않았다.

이제 그 연보라색 욕조에 들어가야겠다. 우리는 내일 아침 일찍 옥스퍼드를 향해 떠난다. 부연하자면, 이 호화로운 궁전에 있을 때 우선 본전을 최대한 뽑아야겠다는 말이다.

---

4 주디스 셰익스피어(Judith Shakespear, 1585-1662)는 윌리엄 셰익스피어와 그의 부인 앤 해서웨이의 딸이다. 셰익스피어에게는 장녀 수재너와 남매 쌍둥이 주디스와 햄닛 등 세 명의 자녀가 있었는데 상속자인 아들 햄닛은 11세에 사망한다. 주디스는 나중에 토머스 퀴니와 결혼한다. 윔피 바(Wimphy Bar)는 1934년 미국 시카고에서 시작한 다국적 패스트푸드 레스토랑 기업.

트리니티 칼리지를 보고 존 던이 걸었던 교정을 걸었다. 오리엘 칼리지를 보고 존 헨리 뉴먼의 예배당 의자에 앉아 보았다. 그리고 내가 그것들을 보기 위해 겪은 과정을 사람들은 곧이곧대로 믿지 않을지도 모르겠다. 생각해 보니 나는 결국에는 분통을 터뜨린 것 같다. 그랬던 게 틀림없다.

우리는 정오가 되기 직전 옥스퍼드에 도착했다. 나무 그늘이 드리워진 전형적인 대학가 거리에서 데이비슨 부부의 집을 발견했다. 로라가 그곳에서 우리를 기다리고 있었다. 로라는 교수인 남편은 업무 중이고, 아들 데이비드는 우리와 함께 차를 마시게 될 시간을 손꼽아 기다리며 학교에 있다고 말했다.

로라의 목이 쉰 듯한 목소리와 특이한 억양은 매력적이었다. 그녀는 빈에서 태어나 영국에서 자랐다. 그녀와 남편 모두 어렸을 때 히틀러 치하의 독일을 떠나온 피란민들이었다.

로라는 대령을 보고 무척 즐거워했다. 그녀는 대령을 '사령관님'이라고 불렀고, 그를 보면 곰돌이 푸가 생각난다고 했다. 그때쯤 되자 안달이 나기 시작했다. 대령과 벌써 30시간을 내리 함께 보낸 (나와 세상에서 제일 친한 친구와도 함께하지 못한 일이다. 심지어 그는 나의 가장 친한 친구도 아니다.) 그때까지 아직 내가 원하던 일에 착수하지 못했다는 것 때문에. 대학 캠퍼스의 펍에서 점심을 먹으면서 그가 큰소리로 선언하듯 말했다. (뜬금없는 발언은 대령이 옥스퍼드의 분위기에 휩쓸려서 그런 것 같다.)

"대영제국은 대중의 요구에 의해 부활하리라! 한 이집트인이 최근에 저한테 말했습니다. '전 세계에서 당신네 영국인들을 필요로 할 때 왜 영국인들은 얌전하게 집에 앉아 있소?'라고요."

어찌 된 영문인지 이 말에 나는 화가 나서 무례한 말을 몇 마디 했다. 그리고 우리는 몇 분간 옥신각신하다가, 로라가 하숙집 안주인처럼 재치 있게 끼어들어서야 다시 화기애애해졌다.

점심을 먹고 난 후, 나의 안달증에 발동이 걸리기 시작했다. 부디 트리니티 칼리지와 오리엘 칼리지를 구경하러 가면 좋겠다고 말하자, 로라는 우선 보들리언 도서관의 열람실을 먼저 방문해야 한단다. 그곳은 웅장한 렌(Wren) 빌딩에 있고 그녀의 남편이 그곳에서 일하고 있으며 나를 만나고 싶어 한다는 것이다. 우리는 그곳에 갔다. 나는 그 교수를 만났고 그 열람실을 보았다. 아치형 천장, 계단을 따라 겹겹이 이어지는 서가들, 모두가 굉장한 구경거리였다.

우리는 그곳에서 나왔다. 그리고 나는 '지금' 우리가 트리니티와 오리엘에 가서 구경할 수 있느냐고 물었다. 그러자 로라는 보들리언 도서관의 서고가 있는 곳 위에 깔린 포장도로의 길이가 1마일에 달한다는 사실을 아느냐고 내게 물었다. 그리고 그녀는 내게 그 도로들을 보여주었다. 대령은 자신이 워덤 칼리지에서 여름학기를 한 번 수강했었다며 내가 꼭 워덤 칼리지 캠퍼스를 봐야 한다고 말했다. 대령과 로라는 나를 옥스퍼드의 메인 스트리트로 데리고 가서 엄청 유명한 서점인 블랙웰 서점을 둘러보게 해야 한다는 데에도 의견이 일치했다. 그 둘은 내가 서점에 무척 관심이 많다는 걸 아는 사람들이다. (실망스럽게도 어떤 사람들은 내가 서점에는 관심이 없고 책에 쓰여 있는 내용에만 관심이 있다고 이해하고 있다. 나는 서점에서 책을 훑어보지 않는다. 도서관에서 훑어본다. 도서관에서 책을 빌려 집으로 가져와 읽을 수 있고, 책이 마음에 들면 서점에 가서 그 책을 사면 된다.)

그런데 내가 정말 옥스퍼드에 온 날, 인생의 빛나는 하루가 될 오늘 나는 시내 중심가로 질질 끌려가서, 그들이 손짓

하는 대로 모든 기념비적인 건축물과 모든 교회를 구경하고 있다. 그것들은 모두 렌[1]이 만든 것이다. 나는 끌려다니면서 블랙웰 서점의 책상과 책상, 서가와 서가 사이를 통과한다. 그리고 다음에는 내가 워덤이라는 곳 주위를 걸어다니고 있다는 걸 알게 된다. 대체 어쩌면 좋단 말인가. 그리고 날은 점점 저물어 가고 있다. 지금 금방이라도 우리는 여기를 떠나 로라의 집으로 가서 그녀의 아들과 차를 마시게 될 텐데. 차를 마신 다음에 대령과 나는 런던으로 떠나야 한다.

그래서 나는 왈칵 짜증이 났다.

나는 워덤 캠퍼스의 한가운데 서서 소리쳤다.

"우리는 언제 내가 보고 싶은 걸 보러 가게 될까요?"

로라가 부리나케 나에게 오더니 아주 다정히 감싸듯이 (그녀는 사회복지사였었다.) 말했다.

"사령관님은 여길 좋아해요. 워덤은 그와 옥스퍼드와의 유일한 연결고리예요."

그래서 나는 상당히 합리적인 대답을 내놨다. **"사령관님은 이 나라에 살잖아요. 그가 원한다면 아무 때나 와 볼 수 있거든요!"**

---

1 크리스토퍼 렌(Cristopher Wren, 1632-1723): 옥스퍼드 대학 출신의 물리학자, 해부학자, 기하학자, 천문학자, 그리고 역사상 가장 유명한 영국 건축가 중 한 명.

그러자 로라는 쉬잇, 하며 내 입을 다물게 했다. 그때 대령이 성큼성큼 걸어오더니 무슨 일인지, 뭐 문제라도 생겼는지 물었다. 그리고 그들 두 사람은 한참을 곰곰 생각해 보더니 내가 옳다는 판정을 내리고, 그렇다면 **지금** 내가 특별히 보고 싶은 건 무엇인지, 그리고 로라는 오리엘 칼리지라는 곳이 있다고 확신하는지 내게 물었다. 그녀의 지도에서는 그곳을 찾을 수 없다고 했다. 그리고 대령은 내가 아마 트리니티-케임브리지를 생각하고 있는 건 아닌지 물었다. 찰스 왕세자가 트리니티-케임브리지를 다녔다고 했다.

그래서 나는 조심스레 **아니**라고 대답하고는, 존 헨리 뉴먼을 생각하고 있다고 말했다. 그는 옥스퍼드의 오리엘 칼리지에서 영국 국교인 성공회 신학을 가르치다가 가톨릭으로 개종해서 추기경 신분으로 돌아가셨고, 여러모로 좀 비난을 받기도 했지만, 하느님이 창조하신 푸른 지구에서 극소수의 사람들이 예전에 영어로 글을 썼을 때 영어로 글을 쓴 분이며, 그 극소수 중 한 명이 존 던이었으며, 그들 두 사람 모두 트리니티-옥스퍼드를 다녔으니 부디 내가 트리니티와 오리엘을 볼 수 있게 해 달라고 말했다.

워덤 칼리지를 나와 어느 길모퉁이에 섰다. 로라가 지도를 다시 살펴보니, 아니나 다를까, 오리엘 칼리지가 나왔다. 우리는 그곳으로 갔고, 나 혼자 예배당에 들어가 앉아 존 헨리와 맘속으로 이야기를 나누었다. (나중에 들은 이야기인데, 밖에서는 대령이 로라에게 나를 "뭔가에 홀려 들떠 있는 아이"라고 말하고 있었다고 한다.)

우리는 트리니티 칼리지로 갔고, 나는 교정을 산책했다. 그리고 그게 전부였다. 관광객들은 대학 건물 안으로 들어갈 수 없다.

건축이 주된 관심사가 아닌 사람들에게는 옥스퍼드 방문이 무척 실망스러울 수 있다. 어느 칼리지라도 관광객에게 개방하는 부분이라곤 건물 밖 교정, 그리고 정문 바로 안쪽에 있는 예배당뿐이다. 다른 곳은 모두 출입금지 구역이다. 그렇기 때문에 나는 절대로 그 신입생들(존 던, 존 헨리 뉴먼, 아서 퀼러-카우치)의 기숙사 방을 못 볼 것이고 나는 절대로 뉴먼이 학생 시절에 보았던 그 유리창 밖의 "무성한 금어초"가 아직도 그때와 다름없이 자라고 있는지 알 수 없을 것이다. 그리고 나는 결코 밀턴이 글을 썼던 방이나 Q가 케임브리지 대학에서 가르칠 때의 강의실들도 못 볼 것이다. 케임브리지 역시 동일하게 규제하고 있으니까.

우리는 로라의 집으로 돌아왔다. 학교에 있던 열다섯 살짜리 데이비드가 숨을 헐떡이며 집에 도착하기 5분 전이었다. 그는 나를 만나기 위해 내내 뛰어왔다고 했다. 이렇게 듣기 좋은 말을 전에는 들어 본 적이 없었다.

대령은 차 한잔을 마시고는 씩씩하게 침실로 들어가 잠시 눈을 붙였다. 로라와 데이비드와 나는 주방에 앉아 필라델피아에 대한 이야기를 주고받았다. 필라델피아에는 그들의 집이 있고 또 그곳에서 나는 자랐다. 그들은 9월에 미국으로 돌아간다.

차를 마시면서 로라는 낮의 일에 대해 매우 죄책감을 느끼는 듯 얼굴을 붉히면서, 날을 잡아 기차로 아무도 모르게 다시 와서 옥스퍼드에 혼자 가 보라고 간곡하게 말했다. ("당신이 원하지 않는다면 당신이 여기 있다는 것을 우리한테 알리지도 말고요."라고 그녀는 말했다. 그러자 데이비드는 "아줌마가 여기 있다는 것을 우리한테 알릴 수 없는 거예요?"라고 물었다.) 나는 로라에게 내가 제일 보고 싶었던 건 봤다고 말했다. 제한된 범위 내에서이긴 하지만, 그건 사실

이었다.

런던으로 돌아오면서 우리는 'same'과 동일하게 발음되는 모음을 지니면서, 마찰음인 th가 들어간 테임(Thame)이라는 철자로 표기되는 동네를 지났다. 대령은 내게 템스강(the Thames)을 템스(Temmes)로 발음하는 이유를 설명해주었다. 독일에 뿌리를 둔 영국 하노버 왕조[2]의 첫 번째 왕은 독일어 억양이 강해서 'th' 발음을 할 수 없었던 모양이다. 왕이 그 강을 "터 템스(te Temmes)"라고 발음하자, 왕은 항상 옳기 때문에 다른 모든 사람들은 그 강을 템스라고 불러야 했고 이후 템스강이 되었다는 이야기였다.

대령은 자신에게 의지해 조언을 구하는 과부들(모두 '돈줄'을 꽉 쥐고 있는 것처럼 보이는)과 그를 아주 좋아하는 어린이들에 대한 이야기를 내게 모조리 들려주었다.

우리는 아홉 시에 런던에 도착했다. 나는 이번 여행에서 대령이 베풀어 준 고마움을 평생 잊지 못할 것이다. 하지만 이번 여행은 정이 너무 넘쳤다. 나는 호텔 바에 틀어박혀 이 글을 쓰고 있다. 라운지가 더 편안하기도 하고 자유롭기도

---

2 1714년 조지 1세부터 1901년 빅토리아 여왕의 서거까지 187년 동안 영국을 통치했던 왕조. 이 시기는 영국의 전성기와 맞물린다. 1차 세계대전이 발발하자 독일과의 관계를 정리하기 위해 1917년에 당시 왕실 별궁의 이름을 따서 윈저로 왕조 이름을 바꿨다.

하지만 오늘밤 내게 말을 거는 사람은 누구든 나에게 고운 말은 못 들었을 것이다.

프런트 데스크 위에 내게 남겨진 메모들이 한 무더기 쌓여 있었다. 마크 코널리[3]의 전화, 런던 〈리더스 다이제스트〉에서 온 전화, 니키의 친구 바버라가 건 전화, 이름을 들어 보지 못한 어떤 여자에게서도 전화가 왔었다. 데스크의 직원은 그 많은 메시지들에 무척 감동을 받았다. 나도 그랬다.

3   Marc Connelly, 1890-1980: 미국의 극작가, 연출가, 배우. 1930년 로아크 브랫 퍼드의 소설 〈아담 노인과 그의 자손들〉을 〈푸른 목장〉으로 각색한 작품으로 퓰리처상을 받았고, 1936년 영화화된 이 작품은 큰 성공을 거두었다.

지금 막 마크 코널리에게 전화했다. 그는 내가 어렸을 때 잘 나가는 극작가였고 우리 부모님은 맹렬한 연극광이셨다. 마크 코널리가 나에게 써서 보낸 독자 편지를 부모님이 못 읽어 보고 돌아가신 것이 안타깝다. 그 편지는 크리스마스 직전에 왔다. 처음에는 그 편지를 뜯지도 않은 채 버릴 뻔했다. 그의 편지는 내가 관심을 두지 않는 좀 별난 자선단체가 보낸 편지 위에 있었다. 그래서 나는 그 편지가 자선단체나 또 다른 종류의 자선 모금을 호소하는 편지라고 생각했던 것 같다. 내 손이 휴지통 위에서 맴돌 때 문득 기부금 호소문이 들어 있는 편지치고 봉투 두께가 아주 얇다는 생각이 들었다.

친애하는 한프 양,
다른 모든 이들이 보낸 이런 편지들이 당신에게
쇄도할 것이기 때문에(지금까지 얼마나 많은 독자들이

감사의 편지를 썼을까요. 1백 만? 2백 만?) 적어도 1년 이상은 당신이 이 편지를 뜯어 볼 여유가 없으리라고 생각합니다.

어쨌든 조만간 당신은 이 편지의 내용이 다른 것들 모두와 똑같다는 것을 알게 될 겁니다. 〈채링 크로스 84번지〉는 다정하고 재미있고 눈부시고 아름다우며, 독자들이 당신과 더불어 같은 세기를 살고 있다는 사실에 한껏 기쁨을 느끼게 만든다는 거죠.

당신에게 경배를 올리며,

마크 코널리

이런 편지를 내가 열어 보지도 않고 던져 버릴 뻔했다니.

두어 달 후에 나는 그를 만났다. 그는 7월에 런던에 갈 것이며, 그의 클럽에 있을 것이라고 말했다. 그는 나를 데리고 신사들의 클럽이 어떻게 생겼는지 구경시켜 주고 싶어 했다.

그가 점심 식사를 함께하기 위해 내일 한 시에 나를 태우러 온다.

니키의 친구 바버라가 근무하는 사무실이나 〈리더스 다이제스트〉는 월요일이나 되어야 통화를 할 수 있다. 두 사무실은 토요일에 문을 닫았다. 니키(센트럴 파크의 도그 힐 피크닉에서 양치기 개 체스터가 깔고 앉은 데블드 에그의 임자)는 뉴욕의 한 시사 잡지사에서 일하고 있다. 바버라는 런던의 같은 시사 잡지사에 근무하는 아가씨다. 두 사람은 한 번도 만난 적이 없지만, 서로 매일 텔레타이프 송신문으로 이야기를 나눠서 사이좋은 친구가 되었다. 내가 여기 있는 동안 바버라와 만나기로 니키와 약속을 했다.

나는 저녁 초대장이 제때 손에 들어와서 15일까지는 확실하게 날짜 약속을 할 수 있다. 옥스퍼드에 가 있는 동안 내게 전화한 이름 모르는 여자에게 바로 전화했다. 그녀는 남편과 함께 내 책의 팬이며, 그들이 사는 런던 지역으로 내가 오면 저녁을 먹으며 그곳을 구경시켜 주고 싶다고 말했다. 나는 (다음 주) 화요일에 그곳에 가기로 했다.

이 호텔에서 아침을 먹는 관광객들은 하나같이 입만 열면 왕족을 봤다고 말한다. 나만 빼고. (내가 어떻게 아느냐 하면, 혼자 아침을 먹는 사람들은 옆자리에 누가 앉았든 대개 "마멀레이드 좀 실례해도 될까요?"라고 말을 붙여서 대화를 시작하게 마련이다.) 그들은 왕실 가족이 윈저성으로 떠나는 것을 보았거나, 그들이 해러즈 백화점에서 엘리베이터에 타려고 기다릴 때 엘리자베스 2세의 어머니인 퀸 마더가 내리는 것을 보았거나, 앤 공주가 병원으로 들어가면서 손을 흔드는 것을 보았거나, 혹은 그야말로 운 좋게 우연히 이곳 남학교를 지날 때 일곱 살의 에드워드 왕자가 다른 소년들과 함께 나오고 있는 걸 봤다는 것이다. 그래서 오늘 아침에는 나도 버킹엄궁에 가서 내 운을 시험해 보기로 했다.

_____ **오후 10시**

버킹엄궁에 가서 철책을 따라 오락가락해 봤지만 내가 본 것이라고는 또 하나의 시대착오적인 옛날 모습이었다. 17세기 의상을 입은 마부가 백마들이 끄는 17세기 마차를 몰고 궁전의 문들을 지나고 있었는데, 마차 안에는 20세기의 얼굴에 톱 해트를 쓰고 담배를 입에 문 냉담한 눈매의 외교관들이 타고 있었던 것.

나는 왕가에 대한 예우가 눈에 띄게 독특한 방식으로 행해지고 있다는 사실을 발견했다. 왕족은 가족의 절대적인 사생활을 보장하기 위해 고안한 담장과 구내 설비, 문, 경비원 고용 등의 방식으로 엿보는 눈길을 겹겹이 차단한 곳에서 산다. 그런데 런던에서 발행하는 모든 신문은 **앤 공주가 난소 종양을 제거했다**고 알리는 기사를 머리기사로 싣는다. 그래서 삼엄한 경계 속에 격리되어 자란 젊은 아가씨의 난소 상태를 모든 펍, 그리고 맥주를 마시는 사람들 모두가 정확하게 알고 있다는 게 바로 내가 알아낸 사실이다.

고등법원 산책로라고 불리는 길에서 마주 보이는, 매력적인 런던 법학원 건물들이 늘어선 쪽에 위치한 공원인 링컨스 인 필즈[1]를 경유해서 숙소로 돌아왔다. 벤치에 앉아 그 건물들을 바라보며 지나가는 사람들의 대화를 들었다.

"…어, 세련미가 없어. 그 남자는 스코틀랜드 산골의 랍비 같이 생겼어."

"…근데 그 여자는 거기서 나와 아무 데도 갈 곳이 없다면서 짐보따리를 들고 지금 집에 와 있어. 꼴을 보니…"

"그 사람들 모두 자기네 밥그릇을 챙기려고 기를 쓰고 있어. 틀림없어. 장담한다니까!"

지금은 다시 바에 들어와 있다. 평소의 나라면 저녁 식사 후에 술을 마시지 않지만, 이 호텔에서는 저녁 식사 전에 술을 마시면 사람들이 이상하게 본다. 그래서 저녁 10시에 마티니 한 잔을 마시고 있다. 대체로 그렇다.

이곳에 투숙한 첫날 밤 나는 젊은 바텐더에게 말했다.

"마티니 한 잔 주세요."

그는 마티니 & 로시(Martini & Rossi) 베르무트 병으로 손을 뻗더니 내가 **잠깐만요!**라고 외치기도 전에 한 잔 가득 따

---

1 Lincoln's Inn Fields: 런던 법학원 근처에 있는 런던 최대 규모의 공공 광장, 공원. 16~17세기 튜더 왕조와 스튜어트 왕조 때 사형장이었던 곳으로 많은 순교자와 반역자들이 이곳에서 처형당했다.

랐다.

"실례지만 먼저 진을 넣어 주시겠어요?" 내가 요청했다.

"아!" 그가 말했다. "진 마티니를 원하시네요." 그가 진 병과 칵테일 셰이커를 잡았다. 그리고 내가 말했다.

"죄송하지만 셰이커에 얼음 좀 넣어 주실래요? 나는 찬 게 좋아요."

"그러-죠!" 그가 말했다. 그는 셰이커에 사각얼음 한 덩이를 넣고, 지거[2]로 진을 계량해서 한 잔 붓고, 베르무트 반 컵을 추가하고는 셰이커를 한 번 흔든 다음 그것을 잔에 부어 과장된 몸짓으로 나에게 건넸다. 나는 계산을 하고 테이블로 걸어가며 내 자신을 준엄하게 타일렀다.

"다른 나라에 가서 현지 관습에 적응 못 하는 그 모든 미국 관광객들처럼 굴지 말고, 그냥 주는 대로 마셔."

누구도 주는 대로 다 마시지는 못할걸.

다음에 내가 바에 갔을 때는 저녁 식사 시간이어서 바는 비어 있었고, 바텐더와 나는 이제 구면이었다. 그는 나더러 작가가 아니냐고 물으며 자기의 이름은 밥이라고 했다. 오늘은 그의 레시피 대신 나의 레시피를 써도 괜찮으냐고 내가 물었다. 밥이 "그러-죠."라고 대답하기에 나는 곧바로 내

---

2   jigger: 액체 용량을 재는 작은 컵.

가 원하는 바를 정확하게 일러 줬다.

나는 우선 셰이커에 사각얼음 네 개를 넣는 것으로 시작하자고 했다. 밥은 내 말이 터무니없다고 생각하면서도 얼음 세 덩이를 넣었다(얼음이 모자랐다). 그가 지거에 진을 한 잔 따라 셰이커에 부었다. 내가 말했다.

"좋아요. 이제 진을 하나 더 넣어요."

그는 내 얼굴을 빤히 쳐다보며 고개를 흔들고는 두 번째 진을 추가했다.

"좋아요, 이제 한 번 더." 내가 말했다.

"진을 더?" 그가 묻고 나는 답했다.

"그래요. 그리고 목소리는 좀 낮춰 봐요."

그는 세 번째의 진을 추가하며 여전히 고개를 흔들었다. 그리고 베르무트 병으로 손을 뻗었다. 그때 내가 말했다.

"그건 내가 할게요."

나는 베르무트를 두어 방울 떨어뜨리고 세차게 흔들어 그에게 주고 잔에 따라 달라고 했다. 그리고 그에게 말했다. 완벽해요.

이제 밥은 나의 마티니를 혼자서 만들지만 감히 그 세 잔째의 진은 추가하지 못한다. 나중에 내가 고주망태가 돼서 테이블에 코를 박고 널브러져 있는 모습을 보게 될 거라고 생각하기 때문이다.

베트남 전쟁이 일어나기 전에는 내가 우리나라의 역사를 자랑스레 여겼으며, 7월 4일에 특별한 의미를 부여했다는 기억이 떠올라 매우 우울해졌다.

마크 코널리가 1시에 나를 데리러 왔다. 나는 브라운 리넨 스커트에 흰색 블레이저 재킷 차림이었다. 그가 "요트복 차림새가 아주 멋지네요?"라고 말하며 경례로 인사를 했다. (일요일이라) 다른 곳은 문을 열지 않아 우리는 힐튼 호텔에서 점심을 먹을 거라고 그가 말했다.

힐튼 호텔에는 식당이 여러 곳 있다. 그는 나를 제일 큰 곳으로 데리고 들어갔다. 그곳은 부티 나고 깔끔한 차림의 남자들과 아름답게 차려입은 여자들로 붐볐다. 케닐워스 호텔에서처럼 촌스럽게 보이는 사람은 아무도 없었다. 그리고 딸기는 엄청 크고 크림은 진하고 롤빵은 따끈하고 버터는 차갑고 닭의 간 요리는 완벽 그 자체였다.

하지만 케닐워스 호텔에서는 아무도 달걀 요리를 주방으로 돌려보내지 않는다. 아무도 "나는 너보다 더 부자니까 너보다 더 훌륭하다."란 몸에 밴 못된 말투로 웨이터들에게 말하지 않는다. 그리고 웨이터들은 궁리 끝에 경멸과 노예근성을 조합해 낸 말투로 대답하지 않는다. 그리고 아무도 아부하지 않는다. 세상에, 알바로는 그런 짓은 흉내조차 안 낼 거다. 그리고 케닐워스의 아침 식탁에 앉은 사람은 아무도 쓸쓸해하거나 불만스러워 보이지 않는다. 케닐워스에서는 어떤 남자도 점심시간에 울적하게 술을 마시지 않고, 어떤 여자도 덕지덕지 분칠한 얼굴에 날카로운 눈으로 자신의 핸드백을 계속 감시하지 않는다.

힐튼 호텔의 식당에서는 그런 얼굴들을 보게 된다. 처음엔 그네들의 면상을 한 방 후려치고 싶어진다. 그다음에는 그들이 가엾게만 느껴질 뿐. 식당에 있는 그 어느 영혼도 행복해 보이지 않았다.

점심을 마치고 마크는 나를 세인트 제임스 스트리트에 있는 그의 클럽에 데리고 갔다. 그 빌딩은 밖에서는 좁아 보이지만 현관문을 들어서면 안쪽으로 커다란 방들이 붙어 있는 거대한 응접실이 있다. 거대한 나선형 계단을 오르는데 벽에 하나같이 피터 유스티노프[1]처럼 보이는 클럽 회장들의 초상화가 나란히 줄지어 붙어 있다. 위층에는 거실, 오락실, 도서실 등 더 넓은 방들이 있다. 우리는 오락실 중 한 곳에서 컬러 TV로 크리켓 경기를 한동안 시청했다. 적어도 나는 봤다고 할 수 있다. 마크는 잠이 들었다. 여든 살이니, 그럴 수도 있지.

나는 세 시에 그를 깨워서 떠나야겠다고 말했다. 그는 기분 좋은 목소리로 "이제 내가 크리켓을 어떻게 생각하는지 알겠죠!"라고 말하고 현관으로 가는 길에 저민 스트리트[2]를 걸을 때 상점의 쇼윈도를 들여다보라고 했다.

그래서 나는 그렇게 했다. 그러고는 리젠트까지 걸어가 세인트 제임스 파크로 가는 길에 워털루를 걸었다. 그때 내가 누구와 마주쳤을까. 조그마하고 말쑥한 모습으로 작은 받침대 한구석에 동상이 되어 서 있는, 바로 새러토가 전투(Battle of Saratoga)에서 우리 미국 독립군에게 패했던 젠틀맨 조니 버고인[3]이었다. 당시 버고인은 다른 장군의 부대와

---

1   Peter Ustinov, 1921-2004: 영국 배우, 시나리오 작가, 소설가, 극작가, 영화감독.
2   Jermyn Street: 다양한 기성복 상점과 남성 패션용품점으로 유명한 거리. 전통적인 최고급 맞춤 양복점들이 늘어선 새빌 로(Savile Row)와 비교되는 곳.
3   Gentlemanly Johnny Burgoyne / John Burgoyne, 1722-1792: 대영제국의 장군, 정치가 및 극작가. 멋진 제복으로 상류 사교계에서 눈길을 끌게 되어 '젠틀맨 조니'라는 별명을 얻었다. 미국 독립 전쟁에 출전하여 새러토가 전투에서 미국군에 항복했고, 이로 인해 본국인 영국의 분노를 사서 다시는 야전 지휘관의 자리에 설 수 없었다.

연합해야 했으나 혼란이 생겨 그의 병력은 모두 포로가 되었던 걸로 알고 있다. 버고인은 자신이 버나드 쇼의 〈악마의 제자The Devil's Disciple〉에서 가장 매력적인 인물이라는 것을 안다면 기뻐했을 것이다. 버고인 자신도 극작가였다. 그는 자신의 군대가 보스턴을 점령했을 때 연극 대본을 쓰고 그가 거느린 장교들에게 배역을 맡겨 그 연극을 상연했다. 영국인들이 무엇에 사로잡혀 그의 동상을 세웠는지 이해가 안 된다. 내 생각에 그는 어디에선가의 어떤 전투에서는 승리했을지 모르지만, 미국 독립전쟁에서는 미국군에 거의 일방적으로 패했다.

부디 그에게 행복한 7월 4일이 되기를.

내가 몰[4]에 도착했을 때 어떤 밴드의 콘서트가 열리고 있었다. 7월 4일을 기념해 밴드는 〈딕시Dixie〉와 〈공화국 전투 찬가The Battle Hymn of the Republic〉를 연주했다. 음, 그럴 수도 있지. 나도 햄프던이 어떤 사람인지 모르는데, 이곳 사람들이 왜 7월 4일이 미국 남북전쟁을 기념하는 날이 아니라는 사실을 알아야 하겠나?[5]

---

4   the Mall: 버킹엄 궁전에서 시작되어 애드미럴티 아치(Admiralty Arch)를 거쳐 트라팔가 광장까지 이어지는 영국 런던의 도로.

5   7월 4일은 미국 독립기념일. 미국 남북 전쟁 중 〈딕시〉는 남부에서 불렸고, 〈공화국 전투 찬가〉는 북군의 군가로 불렸다.

세인트 제임스 파크에서 한동안 햇볕을 쬐었지만 밴드 콘서트는 계속되었다. 그 분위기에 함께할 기분이 아니어서 대신 링컨스 인 필즈나 걸어 볼까 하는 생각이 들었다. 그런데 널따란 대리석 계단으로 다시 올라갈 수가 없었다. 그곳이 콘서트 청중으로 꽉 차 있어서 나는 물을 따라 걸으면서 다른 출구를 찾다가 보도의 작은 계단참에 이르렀다. 거기 앉아 있는 사람들 주변을 요리조리 에둘러 빠져나와 칼턴 가든(Carlton Gardens)으로 올라왔다. 매우 고급스러운 주거시설 건물들이 들어선 아름다운 거리였다. 그곳을 보니 고급 아파트로 유명한 뉴욕의 서턴 플레이스(Sutton Place)가 어렴풋이 떠올랐다. 그곳의 건물들 하며 모퉁이에 서 있는 값비싼 차들, 풀을 먹여 빳빳한 옷을 입고 유모차를 밀며 지나가고 있는 가정부 등에서는 모두 돈 냄새가 났다. 나는 그 길을 따라 이리저리 걸었다. 인접한 길을 따라 걸은 듯하지만 확신은 서지 않는다. 나는 어느 모퉁이를 돌고서야 이 길은 내가 전에 한번도 와 보지 않았고 앞으로도 다시 올 것 같지 않은 길이라는 사실을 깨달았다.

심지어는 지금 내가 서 있는 곳이 어디인지도 알지 못한다. 아무리 해도 도로 이름을 찾을 수 없었고, 그곳을 도로라고 할 수 있는지도 장담할 수 없다. 그것은 클래런스 하우스[6]와 세인트 제임스 팰리스(St. James's Palace)로 막힌 막다른 골목으로 한쪽만 트인 마당 같았다. 그곳에 있는 이름 모를 흰 건물들은 궁전 뒤에 있는 건물일지도 모르겠다. 건물의 흰 돌은 화사한 빛이 돌고 거리는 쥐 죽은 듯 조용하다. 발자국 소리가 크게 들려 거의 숨도 못 쉬고 가만히 서 있었다. 여기에서는 돈 냄새가 조금도 나지 않고 오로지 특권을 에우고 있는 경건한 고요함만이 감돈다. 머릿속에 온통 동화같이 찬란했던 왕국의 이야기, 화려하게 치장한 영국의 왕과 왕비, 여왕들에 얽힌 이야기들이 줄달음친다. 그러다 문득 하이게이트의 무덤 속에서 조용히 잠들어 있는 카를 마르크스를 떠올리고, 조지 3세가 마지못해 신흥강자인 존 애덤스[7]를 주영 미국 대사로 영접할 수밖에 없었던 것처럼, 인도 국왕들을 영접한 다음에 간디를 영접해야 했던 메리 여왕을 생각하게 된다. 세인트 제임스 궁정[8]과 클래런스 하우스가 사회주의 영국에서 아주 평화롭게 존재한다는 대조적인 사실에 경외감이 든다.

여왕을 알현하기 위해 17세기 마차가 20세기 러시아나

---

6   Clarence House: 런던에 있는 영국 왕실의 저택으로 존 내시가 설계했다. 1953-
    2002년 엘리자베스 2세 여왕과 모후가 살았고, 2003년부터 재혼한 찰스 왕세
    자 부부가 살고 있다.

7   John Adams, 1735-1826: 미국의 1대 부통령, 2대 대통령.

8   Court of St. James: 영국 궁정의 공식명.

아프리카 외교관들을 태우고 버킹엄궁의 문들을 지날 때 '시대착오(anachronism)'라는 단어를 쓰지 않기로 마음을 다잡는다. '시대착오'는 오래전에 죽은 것을 내포하고 있다. 그리고 이곳에는 죽은 것은 아무것도 없다. 런던에서 이른바 역사는 살아 있고, 잘 살아가고 있고, 앞으로도 살아갈 것이다.

니키의 친구 바버라가 오늘 아침 전화했다. 금요일 점심 약속을 잡았다. 니키에게 묻고 싶은 두어 가지 질문을 바버라에게 부탁해서 텔레타이프로 전달해 두었다. 바버라는 점심 식사하는 자리에 그 답을 가지고 올 것이다.

〈리더스 다이제스트〉 사무실에 전화를 걸었다. 거기 있는 직원 아가씨가 영국판에 독자 편지 기사를 사용하고자 하는데, 내가 쓴 원고는 미국 독자의 편지만을 다루고 있다며 영국 독자들은 없는지 물었다. 지금은 대령이 보낸 편지 밖에는 생각나는 게 없었다. 나는 그 원고가 영국 독자들의 편지가 도착하기 전에 작성해서 넘긴 것이라고 설명했다. 그녀는 내가 영국 독자 편지에 대해 한두 페이지 써 줄 수 있는지 물었다. 며칠 내에 인쇄에 들어가야 하므로 내일까지 새로운 지면에 들어갈 원고를 확보해야 하는데, 그것이 가능한지 내게 묻는 거였다.

기분 같아서는 이렇게 말하고 싶은 심정이었다. "아가씨, 이번이 내 평생 처음으로 휴가다운 휴가를 온 거고, 그 휴가도 이제 겨우 열흘밖에 남지 않았다고!" 하지만 〈리더스 다이제스트〉가 없었다면 나의 첫 번째 휴가다운 휴가는 없었을 거라는 생각이 머리를 스쳐 지나갔다. 그래서 나는 기꺼운 마음으로 원고를 쓰겠다고 말했다.

이제 내키지 않는 발을 끌고 도이치 출판사에 가서 타자기를 빌려야겠다.

_____ **나중에**

세 쪽 분량의 새 원고를 들고 버클리 광장에 있는 〈리더스 다이제스트〉 사무실에 갔다가 새로 발견한 매력적인 길을 걸어 숙소로 왔다. 지도에서 보면 리젠트 파크까지 곧장 올라가서 넘어가는 길이었다. 그 길을 따라 걷던 도중, 지나가는 사람들에게 알리는 조그마한 표지판을 입구에 붙여 놓은 뮤즈[1]를 보았다. 표지판에 적시한 글은 단호한 명령문이었다.

---

1 mews (house): 마구간 개조 주택.

불법 행위 금지(COMMIT NO NUISANCE)[2]

그것에 시선을 집중하고 있노라니 불법 행위의 영역이
자꾸 넓어진다. 거리를 더럽히는 것에서부터 가택침입으
로, 또 베트남 침공까지, 그것은 존재하는 모든 영역을 포괄
한다.

호텔에 돌아오니 프런트 데스크에 내 앞으로 온 편지가
한 통 있었다.

잉글랜드에 있는 대저택 두 곳을 방문해야 하는데
수요일 정오에 만날 수 있을까요?

이만 총총–

P. B.

메리 스콧이 방금 전화했다. 그녀는 지난봄에 내게 보낸
편지에서 그녀와 남편은 캘리포니아 사람이며 해마다 봄과
여름을 런던에서 보내고 있는데 함께 도보 관광을 하자고
제안한 적이 있었다. 그녀는 한 달 동안 자신의 집에 머물던
손님들이 떠나 마침내 자유로워져서 도보 관광을 할 수 있

---

2 소변금지라는 의미도 됨.

게 됐다며 수요일 아침에 와서 나를 태우고 관광을 한 다음 저녁을 먹은 후에 집에 데려다 주겠다고 말했다.

내일 밤에는 영국인 부부와 저녁을 먹는다. 내가 스트랫 퍼드에 있을 때 부재중 전화를 남긴 사람이다. 그리고 스콧 부부가 목요일 저녁을 사기로 해서 저녁 밥값이 굳었으니 그 돈으로 머리나 손질하러 바로 일어날까 보다.

패딩턴 스트리트의 리젠트 파크 근처에 있는 작은 미용실에서 머리를 했다. 그리고 예쁜 미용사가 나더러 미국에서 왔는지 물었고, 나는 그렇다고 대답했다.

"런던은 어떤 것 같아요?" 그녀가 물었다. "소음과 인파 때문에 짜증나죠?"

뭐라는 거지?

런던은 대도시치고는 믿을 수 없을 만큼 조용하다. 교통은 미국보다 열악하다. 이곳의 도로가 매우 좁기 때문이다. 하지만 차들이 거리를 지나갈 때 무척 조용하다. 그리고 트럭이 한 대도 없다. 시 조례로 트럭의 통행을 금하기 때문이다. 사이렌마저 조용하다. 앰뷸런스 사이렌은 물속 바다코끼리의 울음소리처럼 부우웁, 부우웁 소리를 낸다. 그리고 나는 뉴요커들이 인파라고 표현하는 것을 런던에서는 버스에서도 본 적이 없다.

저녁 식사에 나를 초대한 영국 독자들은 매력적인 부부였다. 그들은 켄징턴의 뮤즈에 살고 있다. 뮤즈는 원래 마구간 겸 마차 헛간을 지으면서 생겨난 골목인데, 그 마구간 겸 헛간을 현대식 주택으로 개조하는 게 유행이다. 모든 사람이 개조한 마구간에 살고 싶어 한다. 뮤즈는 시크하다.

　하지만 마구간 겸 마차 헛간은 돌로 지었고, 그곳에는 창문이 없다. 그리고 말들은 실내 배관이나 전기에 무관심했다. 사람들은 이런 마구간을 사들인 다음, 말 외양간의 한 칸을 죽을힘을 다해 (돌로 된 두 개의 높은 칸막이 사이를 막아서) 아주 특별한 부엌으로 개조한다. 모든 외양간에는 전선을 늘이고 급수관, 배수관을 설치한다. 주방과 욕실 설비를 갖추고 가구들을 외양간의 알맞은 자리에 들여놓는다. 그리고 모든 것을 다 마무리해도 여전히 한 자 두께의 돌벽을 뚫어 구멍을 낼 수는 없으므로, 공기 빼고는 필요한 것을 다 갖추게 된다. 나와 함께 저녁 식사를 한 부부는 작고 멋진 마구간에 살고 있다. 그들이 신이 나서 설명한 바에 따르면 이 뮤즈는 여름 내내 너무 더워서 그들은 저녁을 먹자마자 밖으로 나간다. 겨울에는 난방을 하지 않으면 몸이 얼어붙어 숨도 제대로 못 쉰다고 한다.

그 집의 길 건너에는 애거서 크리스티 동상이 있다. 편안한 모습이지만 나이가 많이 들어 보인다.

그녀는 넋이 나갔던 적도 있었지.[1]

그들은 나에게 우아한 연어 스테이크를 대접하고 치직[2] (치즈윅이 아니라)이란 곳을 드라이브시켜 주었다. 우리는 스트랜드 온 더 그린[3]을 따라 걸었다. 스트랜드 온 더 그린은 템스강이 내려다보이는 아름다운 거리다. 주택들 앞 계단에서 펄쩍 뛰면 강물 속으로 뛰어들 수 있다. 그 집들은 찰스 2세가 정부들을 위해 지었다. 매우 아름답고 멋지고, 아주 비싸고, 인기가 많다. 그 집에 살고 있는 엘리트들은 템스강이 가끔 범람해 그 집들의 거실이 모두 물바다가 되지 않을 때만큼은 사람들의 부러움을 사고 있다.

---

1 애거서 크리스티가 1926년 갑자기 행방불명되어, 실종 11일째에 집에서 400킬로미터 떨어진 곳에서 발견된 사건이 있었다. 당시 그녀는 자신에 대한 거의 모든 사실을 기억하지 못했고, 그녀를 진단한 의사도 기억상실증을 확인했다. 그녀의 기억은 실종된 후 발견되기까지의 11일간만 지워진 상태였다고 한다.

2 치직(Chiswick)은 웨스트 런던 지역으로, 이곳에 살았던 유명인으로는 시인 알렉산더 포프와 Y. B. 예이츠, 화가 카밀 피사로, 소설가 E. M. 포스터, 연출가 피터 브룩 등이 있다.

3 Strand on the Green: 템스강 북쪽 기슭으로 이어지는 강둑에서 바라보는 아름다운 풍광으로 유명한 치직의 한 구역.

우리가 어떤 이야기들을 나누고 있었는지 기억은 잘 나지 않는다. 하지만 내가 뉴욕의 센트럴 파크에 대해 이런저런 것들을 설명하자, 그 집의 안주인이 기겁을 하며 나를 쳐다보았다.

"실제로 센트럴 파크를 돌아다닌다고요?" 그녀가 물었다. "거기 들어가면 죽는 줄 알았어요."

나는 매일 거기서 살다시피 했다고 말하고 그녀 부부가 언젠가 뉴욕에 오면 센트럴 파크로 안내해서 구경시켜 주겠다고 제안했다. 그러자 그들은 지난해에 뉴욕의 플라자 호텔에서 사흘을 묵었는데 살해당할까 겁이 나 호텔방을 떠나지 않았다고 말했다. 그들은 5번가를 걷지 않았다. 그들은 센트럴 파크의 마차를 타고 있을 때도 공원을 쳐다보지 않았다. 그들은 뉴욕 마천루의 어떤 건물에도 발을 들여놓지 않았다. 그들은 버스 투어도 하지 않았다.

그들은 호텔방을 한 발자국도 나오지 않았다.

"우리는 너무 무서웠거든요." 안주인이 말했다.

내가 런던에 도착한 이후 세 명의 남자 대학생이 캠프장에서 잠자다가 총에 맞아 죽은 채 발견됐다. 한 소녀는 자신의 아파트에서 칼에 찔려 사망한 모습으로 발견됐다. 그리고 **런던에 자물쇠를 채우자**(LOCK UP LONDON)라고 적힌 표지판이 시내 곳곳에 걸렸다. 그게 무슨 뜻인지 PB에게 묻자, 런던 시민들에게 강도들이 날뛰고 있으니 외출할 때 문과 창을 잠그도록 하는 운동의 일환이라고 그가 설명해 주었다. 한 주 사이에 그의 친구들이 세 명이나 강도에게 아파트를 털렸다.

범죄라면 뉴욕이 백배는 더 심각하다. 모르긴 몰라도 뉴욕에서 일주일에 일어나는 강도, 살인 범죄 건수가 런던에서 1년에 일어나는 건수보다 많을 것이다. 잘은 모르겠지만 퀸즈의 셰이 스타디움(Shea Stadium)에 있는 심판이나 팬들은 소녀 한 명에게 치근거리고도 남아돌 정도로 오랜 시간을 야구 경기에서 눈을 떼지는 않을 것이다. 그리고 뉴욕의 그 어떤 개도 길거리에서 세 명의 어린이를 물어 그중 한 명이 죽음에 이르도록 하지는 않을 것이다. 이런 일들이 지난주 이곳에서 일어났다.

내 말은 어디에서건 세상살이가 녹록지 않다는 거다. 뉴욕에서는 더 힘들다. 하지만 두 런던 시민이 일주일 동안이나 호텔 방에서 함께 옹송그리고 앉아서, 20세기가 만들어 낸 환상적인 한 도시를 구경할 유일한 기회를 내칠 정도로 힘들지는 않다.

조만간 나는 뉴욕 생활에 대한 책을 쓰려고 한다. 가족들, 독신남, 직장여성, 아흔 살 먹은 동네 바보, 아파트 입주민들이 키우는 스물일곱 마리 개의 한 마리 한 마리의 이름과 아파트 호수를 전부 아는 경비원까지 몽땅 등장하는 16층짜리 아파트의 생활에 대한 책이다. 뉴욕이 살기에 끔찍한 곳이라는 이야기를 그곳에 살아 본 적 없는 사람들에게서 듣는 게 나는 너무 지겹다.

PB는 나를 사이언 하우스(Syon House)로 안내했다. 제인 그레이[1]를 여왕으로 만들고, 엘리자베스 1세에 맞서 스코틀랜드의 메리 여왕의 편에 섰던 비참한 노섬벌랜드 가문의 선조의 집이다. 그곳의 장미 정원은 내가 보았던 어느 것 이상이다. 몇 에이커에 걸쳐 장미들이 색색의 화려한 무지개를 이루었다. PB는 교외에 겹장미꽃 정원을 소유한 친구들과 함께 주말을 보냈지만, 그 친구들은 집에 가져갈 장미 봉오리 한 송이조차 PB에게 주지 않았다고 말했다. 런더너들은 그 친구들의 정원을 보고 싶어 한다. PB와 그의 건물에 세들어 사는 다른 이들은 옥상의 화분에 약간의 꽃을 가꾸고 있다.

---

1 Jane Grey, 1537-1554: 헨리 7세의 딸이자 헨리 8세의 누이동생 메리 튜더의 딸. 시아버지 존 더들리의 계략으로 왕위에 올랐다가 9일 만에 폐위되고, 헨리 8세의 장녀인 메리가 여왕의 자리에 오름.

우리는 사이언 하우스에서 나와 오스털리 파크(Osterly Park)에 갔다. 누구의 집인지는 잊었지만, 또 다른 어느 가문 조상의 집이다. 나는 내시 주택과 렌 교회[2]들에 대해 조금씩 알아 가고 있다. 오늘은 오스털리 파크에서 건축가 로버트 애덤[3]의 벽장식에 대해 배웠다. 반들반들한 목판들에 온통 복잡한 상감세공들. 하나의 벽면을 몇 시간 동안 꼼꼼히 살펴보아도 그 조각의 세세한 것을 다 알 수 없다. 시계, 자동차, 비행기, 그리고 스케줄이 지배하는 오늘날과 같은 세상에서는 남자들이 그러한 작업에 필요한 무한한 시간과 인내심을 가졌던 시대를 상상하기 어렵다.

PB는 그의 집을 향해 차를 몰면서 자신이 할리우드에서 영국을 무대로 한 영화의 컨설턴트로 몇 년 동안 부정기적으로 일했던 때를 이야기해 주었다. 하나부터 열까지 무미건조하고 과장된 것과 동의어였던 할리우드의 전성기에 PB가 그곳에 있었다고 생각하니 처음에는 전혀 어울리지 않는 조합이라고 생각했다. 하지만 곧이어 나는 그가 거의 모든

---

2 크리스토퍼 렌은 세인트 폴 대성당을 비롯해 런던에 있는 50여 개의 교회를 설계했다고 한다.

3 Robert Adam, 1728-1792: 영국의 건축가. 영국 고전주의의 대표자. 사이언 하우스와 오스털리 파크 등의 설계, 실내장식 및 가구 디자인에 관여했으며, 아버지 윌리엄 애덤, 형 존 애덤, 동생 제임스 애덤도 건축가였다. 가구 및 일상용품에 이르기까지 우아한 고전적 취미를 보였다.

환경에서도 편안하게 지낼 수 있는 사람들 중 한 명이라는 것을 깨달았다. 아무것도 그에게 영향을 미치지 못한다. 그는 안 가 본 곳이 없고, 안 만나 본 사람이 없다. 그는 매우 사교성이 좋다. 그러니만큼 벽난로 선반에는 항상 초대장 카드 10여 장이 세워져 있다. 하지만 그는 늘 주변의 사람들에게 약간 거리를 두는 것 같다.

그는 뉴욕에 있는 에섹스 하우스(JW Marriott Essex House)를 위해 몇 달 동안 미국인 건축가 한 명을 끌고 영국 방방곡곡을 돌아다닌 적이 있다고 내게 말했다. 에섹스 하우스는 칵테일 라운지를 운영하고 있었는데 영국식 펍으로 재단장하고 싶어 했다.

"그들이 이곳으로 사람을 보내서 나를 만나게 했습니다. 난 그를 태우고 전국을 돌아다니면서 역사가 오래된 고급진 펍들을 다 구경시켜 줬죠. 그가 뉴욕으로 돌아가 설계도를 그려서 보내 주더라고요. 집에 도착하면 그것들을 보여 드리겠습니다."

우리는 러틀랜드 게이트로 돌아왔다. PB는 나에게 그 도면들을 보여주었다. 그것들은 놀라웠다. 나무판자를 댄 벽에 고색창연한 나무 테이블과 벤치들을 갖추고, 맥주 통들을 올려놓은 높다란 옛날식 목재 카운터 하나가 있는 펍이었다. 분위기가 편안하고 그윽해 보였다. 나무 집기들은 천

장에 매달린 고풍스러운 램프 불빛 속에서 반들반들 윤이
났다.

"그 펍이 아직도 운영되고 있나요?" 내가 물었다.

"그럴 겁니다." 그가 말했다.

"집에 돌아가면 한번 가서 봐야겠어요." 내가 말했다.
"펍을 리모델링한 사람이 편지에서 그곳이 어떻게 보이는
지 당신에게 얘기해 줬죠?"

"아, 그럼요." 가벼우면서도 감정이 담겨 있지 않은 목소
리. "에섹스 하우스는 펍을 투명 합성수지와 크롬과 검은 가
죽으로 장식했지요."

그는 토요일에 웨일스에 가서 일주일 동안 머문다. PB가
돌아올 때면 나는 떠나고 없을 것이다.

해러즈 백화점

포트넘 & 메이슨

웨스트민스터

워털로 파크

사보이 호텔

세인트 폴 대성당

마크스 서점

디킨스 하우스

세인트 폴 코번트 가든

메리 스콧은 나이츠브리지와 켄징턴을 함께 걸어 다니면서 내게 그 동네를 구경시켜 줬다. 우리는 먼저 해러즈 백화점에 들렀다. 내가 한번도 그곳을 구경하러 간 적이 없기 때문이다. 그곳은 대단히 훌륭하다. 다이아몬드 목걸이부터 살아 있는 호랑이까지 무엇이든 살 수 있다. 그곳에는 동물원도 있다. 나는 우리 건물에 살고 있는 양치기 개 체스터 생각이 났다. 체스터도 해러즈에서 샀다고 했으니까.

　1층에는 꽃가게가 있다. 장미 한 묶음을 살 때는 열두 송이를 각각 한 송이씩 고를 수 있다. 모두 봉오리로만 고를 수도 있고 활짝 핀 꽃만 고를 수도 있고 반반으로 고를 수도 있다. 그리고 매장에 있는 꽃들에서 한 가지 색만을 골라 살 수도 있다. 나는 PB가 웨일스로 떠나기 전에 그의 아파트에 활기를 더해 주기 위해 그에게 보낼 열두 송이를 미친 듯이 골라서 모았다. 그것 말고는 그에게 고마움을 표현할 다른 방법을 몰랐다.

우리는 뮤즈들 사이를 거닐며, 눈에 잘 띄지 않는 정원과 골목길들을 여기저기 잠깐씩 기웃거렸다. 첼시와 켄징턴, 나이츠브리지는 리젠트 파크에 비해 자기네들의 매력을 너무 의식하는 동네처럼 보였다. 스콧 부부가 사는 게 그랬다. 내가 런던에 아파트를 하나 가질 수 있다면, 내가 고르고 싶은 동네는 리젠트 파크 스트리트라고 메리 스콧에게 말했다. 메리가 말하기를, 그곳은 리젠트 파크라고 부르지 않고 매러번(Marylebone)이라고 부른다고 했다.

그들은 글로스터 플레이스(Gloucester Place)에 널찍한 아파트를 가지고 있다. 메리는 저녁 식사 메뉴로 크림을 채워 넣은 예쁜 연어 무스를 만들었다. 연어는 이곳에서 굉장한 별미로 여긴다. 집에 초대한 손님에 대한 경의의 표시로 우리가 필레 미뇽이나 랍스터를 내놓듯, 이곳 사람들은 연어 요리를 대접한다.

10시 즈음에 호텔로 돌아와 한 시간 동안 라운지를 독차지하고 있었지만 내 행운은 지금 막 끝났다. 어떤 여자가 방금 들어와 이야기할 사람을 찾고 있기 때문이다. 그녀는 꼭 템플(Temple)을 구경하라고 말한다. 미들 템플 레인(Middle Temple Lane)을 찾으면, 템플, 그리고 이너 템플과 미들 템플 홀로 들어가는 두 짝의 흰 대문이 보이며[1], 안내원이 찰스 디킨스가 〈위대한 유산Great Expectations〉을 썼던 방을 보여줄 것이라고 이야기한다. 〈위대한 유산〉이 무척 따분한 작품이라는 걸 내가 알고 있다는 사실을 그녀에게 말할 계제가 아닌 것 같다. 그런 말을 하는 건 대화를 중단시키는 거나 진배없다. 정말이지 그렇게 하는 건 불합리한 결론이라는 걸 깨닫는다.

그녀는 템플 기사단이 그 교회의 바닥 아래에 묻혀 있어서 그곳을 템플이라고 부르며, 교회는 전쟁 중에 파괴되었고 전쟁이 끝난 뒤에 기사들의 뼈는 모두 발굴되어 현재는 재건된 교회의 바닥 아래 공동묘지에 묻혀 있다고 했다. 내가 이 모든 것을 보고 싶어 해서 다행이다. 템플을 보려는 계획을 세우려 하지 않았다면, 대화를 나누고 싶지 않아 라운지에서 빠져나왔을 것이 분명하기 때문이다. 내 짐작에 그녀는 저녁 내내 여기서 시간을 보낸다.

두 여자가 막 들어왔다. 30대 초반으로 옷차림이 무척 말쑥했다. 직업은 교사들인 듯하고 토론토에서 왔단다. 그리고 템플 관광을 추천해 준 여인이 오늘 그들을 어딘가로 당일치기 여행을 보냈던 것 같다. 그들은 템플 여인에게 그녀

---

1 그레이스 인(Gray's Inn), 링컨스 인(Lincoln's Inn), 미들 템플(Middle Temple)과
   이너 템플(Inner Temple)로 구성된 4법학 협회(Inns of Court)는 전통적인 영국
   의 변호사 협회며, 런던의 모든 법정 변호사들이 4법학 협회에 속해 있다.

의 조언이 정말 적절했다고 말하고 있다. 보트 타고 템스강을 구경하면서 그리니치에 다녀오기. 국립해양박물관.

템플 여인은 내가 미국인이기 때문에 그곳이 나의 관심을 끌 것이라고 말한다. 그녀는 그리니치에는 청교도(Pilgrim) 유물이 있으며 청교도들은 여기서 배를 탔다고 말한다. 난 지금까지 그곳이 플리머스(Plymouth)[2]라고 생각했다. 그렇게들 말하지 않나. 나는 그들 세 명을 향해 돌아앉아 수다를 떨고 싶은 충동이 불끈불끈 일어나는 것을 억누르고 있다.

"필그림 파더들이 암소와 수간하고 있는 청교도를 붙잡으면 그들은 그 청교도뿐 아니라 그 암소도 교수형에 처했다는 거 알고 있었어요?"

교사 한 명은 내가 작가인지 알고 싶어 한다. 그만큼이나 안내 데스크에서 나에 대해 많은 이야기를 들었던 것이다. 내일 그들이 나의 책을 사서 들고 온다면 그들을 위해 공손하게 사인을 해 주어야 할까? 무-울론이지. 지난밤에 어떤 여자에게 딱 한 권 남은 사인되지 않은 책을 그녀가 구할 수 있는 기회를 흘려보내는 중이라고 말해 줬는데도 그녀는 그

---

2 영국에서 청교도에 대한 탄압이 심해지자 1620년 102명의 필그림 파더스 (Pilgrim Fathers)가 메이플라워호를 타고 플리머스항을 출발해 미국으로 이주했다.

저 멀뚱멀뚱 내 얼굴만 쳐다보았다. 내가 무슨 말을 하는 건지 아무도 이해하지 못한다.

오전 10시에 라디오 런던 방송국에서 나를 인터뷰하러 어떤 남자가 방문했다. 나는 그와 그의 녹음기를 끌고 러셀 스퀘어로 왔다. 화창한 여름날 아침에 어두침침한 호텔 로비에 앉아 있고 싶지 않아서.

그는 지난 시즌에 넬슨 경과 해밀턴 부인[1]에 대한 연극이 상연되었으며 대본 한 부가 버킹엄궁에 보내졌다고 내게 말해주었다. 그 대본은 다음과 같은 메모와 함께 제작자 사무실로 돌아왔다고 한다.

---

1 Lady Hamilton: 나폴리 주재 영국 대사인 해밀턴 경의 부인. 전쟁 영웅 호레이쇼 넬슨은 나폴리에서 그녀를 만나 사랑에 빠져 본부인과의 이혼을 감행했고, 딸 호레이시아를 낳는다. 하지만 정식으로 결혼하기 전에 넬슨이 트라팔가 해전을 승리로 이끌던 중 적의 총탄에 맞아 전사하게 되자 그녀는 세인트 폴 대성당에서 거행된 넬슨의 장례식에도 참석하지 못하고, 한평생 참된 군인이었던 넬슨이 물려준 재산이 거의 없었기에 빚에 쪼들리다 감옥까지 가는 등 고생하다 사망한 것으로 알려졌다.

에든버러 공작[2]께서는 대본에서 해밀턴 부인을 매우 부당하게 대했다고 생각하신다. 여왕 폐하께서는 판단을 유보하신다.

이 나라 사람들은 누구나 다른 이에게 들려줄 필립 공의 일화를 하나씩은 가지고 있으며, 필립 공이 그리 고루하지 않다는 사실을 자랑스럽게 생각한다. 그들이 왕족을 친척쯤으로 여기는 태도가 매력적이다. 사촌 엘리자베스, 그녀의 남편 필립, 그리고 그 부부의 아이들로 받아들이겠다는 자세인 거다. 그래서 모든 사람이 그들을 비판하는 데 있어 스스럼이 없다. 친척 좋다는 게 뭔가? 엘리자베스 2세 여왕과 필립 공, 찰스 왕자 모두 무척 인기가 있다. 고명딸인 앤 공주에 대해서는 호불호가 엇갈리는데, 내가 만났던 사람들 대부분은 그녀를 옹호했다. 영국 사람들에게 물어보시라.

"앤 공주는 어떤 분입니까?" 그러면 그 영국인은 이렇게 대답한다.

"음, 반드시 염두에 둬야 할 사항이 있어요. 그분이 아직 무척 어리다는 사실이지요. 그분은 이 모든 것이 생소합니다. 어쨌든 겨우 스무 살이잖아요. 큰 기대를 하면 안 되는 거죠."

---

2 엘리자베스 2세의 남편 필립 공.

질문의 내용은 고작 "그분은 어떤 분입니까?"라는 한마디였는데.

하지만 그들은 앤 공주의 승마술에 매우 감명을 받고 있다. 그들은 굉장한 자부심을 가지고 이렇게 말한다. "그분은 친절하게도 영국을 위해 말을 타 주지요!"

퀸 마더를 바라보는 시선 역시 엇갈린다. (이 점이 내게는 매우 놀라웠다.) 한 여자가 내게 말했다.

"그분의 대중적인 이미지는 언론이 만들어 낸 걸작이죠. 언젠가 해러즈 백화점에서 그분 옆에 서 있다가 눈이 마주친 적이 있는데, 그분의 눈은 내가 그동안 봤던 눈 가운데 최고로 차가웠거든요."

니키의 친구 바버라와 점심을 먹기 위해 호텔로 돌아가야 한다. 그녀는 커리를 좋아하지 않지만 마음 씀씀이가 넓어서 나의 호텔에서 가까운 샬럿 스트리트의 커리 전문점에 나를 데려가 주기로 했다.

나중에

러셀 스퀘어에서 돌아오니 호텔 데스크에 감사를 전하는 메모가 놓여 있었다.

굉장히 멋진 장미 잘 받았습니다. 지금 이 메모를 쓰고
있는 책상 위에 올려 두었습니다. 온 방에 향기가
가득합니다. 얼마나 친절하신지. 고맙습니다. 방금 진
일리와 이야기를 나눴어요. 그녀와 레드가 어젯밤에
코노트(Connaught)에 도착했다는군요. 우리를 만나게
해 준 것에 대해 감사하다고 그녀에게 말했습니다.
18일에 돌아올 겁니다. 꼭 그때까지 런던에 계세요.

이만 총총–
P.B.

나는 15일 목요일에 떠나는데.

렐레타이프 메시지

1971년 7월 6일

바버라를 통해 헬레인이 니키에게: 부탁할 일 두 가지.
첫째 앤디 캡[3] 만화책들 절판, 바버라가 네게 선물할
만한 더 세련된 것을 생각할 수 있는지. 둘째 바버라는

---

3 Andy Capp: 영국의 일간지 〈데일리 미러Daily Mirror〉의 만화가 레그 스미드
(Reg Smythe, 1917-1998)가 그린 만화의 주인공인 영국인 노동자. 캡을 쓰고
있으며, 아내를 돌보지 않고 언제나 술만 마심.

소호의 베스트 인도 커리 이름 두 개를 원어로 알고
싶어 할 듯. 건투를 빌어.

니키가 바버라에게: 헬레인의 메시지를 전해 줘서
매우 고마워. 그녀가 보내준 엽서를 보니 신나게
즐기고 있는 것 같아. 너 그녀를 만났니?

아직 못 만났고, 이번 주 금요일에 그녀랑 점심 먹을
예정. 알아봐 준다던 커리는?

아직 못 알아봤어. 내 인도인 친구랑 확인해 볼게.
휴가지에서 방금 돌아왔어. 그녀에게 내가 사랑에
빠졌다고 전해 줘.

잘됐어. 바버라

1971년 7월 8일

1510 GMT 런던

바버라에게

니키가

두 가지 커리 이름은 무르기 카리(Murgi Kari, 치킨 커리)와 무르기 마살라(Murgi Masala, 치킨 마살라)야.
그리고 켄 밀스(Ken Mills)에게서 온 다음 메시지를
그녀에게 전해 줄 수 있겠지. 다저스는 홈경기에서
다 졌어. 크리켓 경기에나 도전하는 것이 더 나을 듯.
재밌는 시간 보내기를. 고마워.
니키. 끝.

알겠어 니키. 그렇게 할게. 바버라

1971년 7월 9일
뉴욕의 니키에게
방금 헬레인과 점심 먹었어. 그리고 네게 다음
메시지를 급히 적어 보냄. 블룸즈버리 스트리트의
공작부인이 말씀하시기를, 제기랄 어찌 제일
잘나가던 그 7월에 몽땅 질 수 있느냐. 메츠는 그들을
잡기 위해 뉴욕 홈에 완전히 자리를 잡으면 이기기
시작할 것이노라. 공작부인이 또 말씀하시기를,
너는 공작부인의 윤허를 받지 않고 약혼해서는 아니
되느니라. 공작부인이 먼저 남자를 훑어보실 것이니.
끝.

일하는 사람이라면 누구나 토요일 오후부터는 쉬어야 한다고 생각한다. 하지만 이곳 사람들은 그 시간을 엉뚱하게 관리하고 있다.

소중한 고국의 지인들을 챙기려고 조그만 선물을 사기 위해 포트넘&메이슨(Fortnum&Mason) 매장에 갔다. 쇼핑을 끝내고 나니 점심시간이었다. 매장 내에 멋들어진 커피숍이 있어서 그곳에 들어갔다. 사람들이 길게 줄을 서서 테이블이 나기를 기다리고 있었지만, 카운터 좌석은 두어 자리가 비어 있었다. 나는 스툴에 앉아 메뉴를 집어 들었다. 내양옆에 앉은 사람들이 서빙을 받았다. 웨이트리스는 바삐 움직였다. 나는 그녀가 다른 사람들 모두에게 차와 타르트를 갖다 줄 때까지 기다렸다. 그녀가 마침내 내 쪽으로 돌아섰다. 내가 말했다.

"나는―" 그러자 웨이트리스가 대답했다.

"영업 끝났어요, 부인." 그래서 내가 물었다.

"뭐라고요?" 그리고 웨이트리스는 이렇게 말했다.

"영업 끝났어요."

그리고 그녀는 표지판을 출입문 쪽으로 옮기고 있는 웨이터를 가리켰다. 웨이터는 빈 테이블이 나기를 기다리고 있는 장사진 앞에 표지판을 놓았다. 아니나 다를까, 표지판에는 영업종료라고 씌어 있었다.

가게 문이 열려 손님들로 북새통인 토요일 정오에 이 커피숍은 문을 닫았다. 이렇게 할 수 있는 건 아주 강력한 노동조합이 있기 때문이다.

오후에는 템플을 구경했다. 구경을 마치고 나오니 비가 오고 있었다. 버스를 타고 숙소에 왔다. 이런 버스들을 타면 꼭 읽어 봐야 할 것이 있다. 버스 안의 표지판을 보면 **내리라는 말이 있을 때까지 버스에서 내리지 마세요**라고 씌어 있다. 이건 우리들의 안전을 위해 적어 놓은 것일 테다. 내 말을 믿으시라.

운전사는 버스의 한쪽 끝에 승객들과 등을 지고 앉아 있다. 이론적으로 차장은 다른 쪽 끝에 있고 승객들은 그쪽으로 내린다. 하지만 차장은 버스가 운행하는 내내 승객들이 새로 타면 그들의 목적지를 물어 승차권을 끊고 차비를 받고 잔돈을 거슬러 준다. 버스는 2층 버스이기 때문에 운행

시간의 절반은 위층에 있는 셈이다.

내려야 할 정거장에 버스가 도착했는데 차장이 위층에 있으면 **버스에서 내리지 마세요.** 그 정거장을 지나서 차장이 내려올 때까지 기다려야 한다. 승객이 안전하게 하차할 수 있다고 신호해 줄 차장이 없으면 운전기사는 승객이 내려야 할 곳에 정차하지 않는다. 정말이다. 기사는 거기서 속도를 늦추고 멈췄다가 승객이 안전하게 내렸다는 전제하에 운전을 계속한다. 나는 체격이 작고 신체가 유연해서 버스에서 날렵하게 내렸는데도 하마터면 코방아를 찧을 뻔했다. 나의 왼발이 아직 버스 발판에 있는데 그 버스가 출발한 것이었다.

나는 코노트에 있는 진 일리에게 전화를 걸어, PB가 내게 런던을 구경시켜 줄 수 있도록 부탁해 준 것에 대해 고마움을 전했다. 그녀는 목요일 저녁에 식사하러 오겠다고 했다. 그녀는 PB와의 이야기를 모두 듣고 싶어 한다.

나는 런던에서 가장 볼 만한 곳인 웨스트민스터 사원과 런던타워, 세인트 폴 대성당 세 곳을 아직 가지 않고 아껴 두었다. 그렇게 해 두기를 정말 잘했다. 그곳들을 보게 될 거라는 생각을 하면, 집에 돌아갈 마음의 준비가 아직 되어 있지 않은데도 집에 돌아가야 한다는 사실 때문에 우울해지는 것을 막아 준다. 오늘 아침은 무척 들뜬 상태로 눈을 떴다. 실라와 노라, 그리고 내가 오늘 오후 웨스트민스터 사원을 보러 갈 예정이었으므로.

이곳엔 아무도 내게 알려 주지 않은 이상한 일들투성이었다. "적들조차 그를 애도했다."고 적힌 존 앙드레(John Andre, 1750-1780) 소령의 추모 명판과 같은 것들. "그의 적들"은 우리 미국 독립전쟁 참전군을 말한다. 베네딕트 아널드[1]가 우리를 배신하고 영국의 스파이가 된 배경에는 앙드레가 있었다. 미국인들은 존 앙드레를 붙잡아 간첩죄로 교수형에 처했다. 그 무렵 영국인들이 네이션 헤일[2]을 체포해 교수형시키자 그대로 따라 한 것이었다. 그런데 미국의 역사가들이 네이션의 죽음보다 앙드레의 죽음에 대해 훨씬 더 큰 소란을 떨었다는 사실을 아마 사람들은 믿지 않을 것이다. 네이션 헤일은 보잘것없는 시골 출신 소년이었다. 존 앙드레는 늠름한 영국의 귀족이었다. 앙드레가 주둔했던 필라델피아는 계급의식이 있어서, 그가 "적들의 애도를 받았다"는 것이 사실임을 믿는 게 맞을 것이다.

웨스트민스터 사원에 엘런 테리[3]는 묻히지 않고 헨리 어빙(Henry Irving, 1838-1905)만 묻혀 있는 것을 알고는 머리 꼭대기까지 화가 치밀었다. 헨리 어빙은 데이비드 개릭(David Garrick, 1717-1779)과 같은 전설적인 배우 중 한 명이었다. 그는 1890년대 런던의 우상이었다. 엘런 테리는 그의 상대역인 주연 여배우였다. 나는 그녀가 버나드 쇼와 주

---

1   Benedict Arnold, 1741-1801: 미국 독립전쟁 참전 군인. 미국에서는 베네딕트 아널드라는 이름을 '배신의 대명사'로 취급한다.

2   Nathan Hale, 1755-1776: 예일대에서 수학. 미국 독립전쟁 초기에 영국군 기지에 잠입, 조국을 위해 첩보 활동을 하다 붙잡혀 21세의 나이로 교수형을 당함. "조국을 위해 바칠 수 있는 목숨이 하나밖에 없는 것이 안타까울 뿐이다."라는 유언을 남겼다.

3   Alice Ellen Terry, 1847-1928: 영국의 배우. 헨리 어빙과 함께 원숙한 연기를 보여 19세기 최고의 여배우라는 명성을 얻었고 희극에 재능이 많았으며 셰익스피어에 대한 강연을 하기도 했다.

고받은 편지를 읽고 그녀를 매우 좋아하게 되었다.[4] 실라의 말에 의하면 엘런의 재는 내가 지금 가고 있는 코벤트 가든 근처의 자그마한 액터스 교회[5]에 안치되어 있다고 한다. 이에 반하여 어빙이 대사원에 묻혀 있다는 사실은 순전히 남성 쇼비니즘으로 보인다.

시대상: 긴 벤치 하나가 어떤 묘지의 비문을 가려 "러디어드 키—"라는 글자 밖에 안 보인다.

사원을 나오면서 국방부를 지나갔다. 오늘은 날씨가 더웠다. 화씨 84도라니 런던의 기온치고는 매우 높다. 국방부 앞에는 경비병 하나가 뜨거운 태양 아래 말 위에 앉아 있었다. 코까지 보호하는 단단한 청동 투구를 썼는데 분명 뜨겁게 달아올랐을 것이다. 그리고 두꺼운 모직 군복과 긴 가죽 장갑과 무릎까지 오는 부츠를 착용했다. 게다가 페르시아 양털 안장 깔개 위에 앉아 열기로 약간 휘어진 창을 움켜쥐었다. 무더운 일요일에 러시아 전선으로 출병이라도 할 듯 두툼한 옷을 껴

---

4 노벨상 수상작가 버나드 쇼와 영국의 전설적인 여배우 엘런 테리는 20분이면 닿을 수 있는 거리에 살면서도 실제로는 만나지 않고 30년간 편지를 주고받으며 우정과 사랑을 나누었다고 한다. 그들의 편지를 엮은 서한집 〈Ellen Terry and Bernard Shaw〉는 서간문학의 고전으로 남아있다.

5 Actors' Church: 세인트 폴 코벤트 가든 교회. 세인트 폴 대성당과 구별하기 위해 별칭인 '배우들의 교회'라고 부르기도 한다. 코벤트 가든 일대에서 활동하는 배우들이 주일에 들르는 장소였기 때문이라고 한다.

입고 구부러진 창 하나를 든 그가 홀로 국방부의 핵무기 군사 기밀을 지키고 있었다. 경비병, 그리고 온몸을 양털로 감싼 경비병의 말.

그 경비병은 나와 같은 관광객들의 눈요기를 위해 존재하는 거라고 실라는 말한다. 그는 구경하러 오는 관광객들을 위해 변장한 런던의 한 모습이다. 짐작건대 그렇다. 하지만 멀리 웨일스에 있는 PB가 경쾌한 목소리로 다음과 같이 말하는 소리가 들리는 듯했다.

"저 사람들은 700년 동안 하룻밤도 거르지 않았답니다."

저녁을 먹기 위해 하이게이트로 돌아오는 길에 우리는 워털로 파크(Waterlow Park)에 잠깐 들렀다. 그 공원의 해시계는 시가지보다 무척 높은 위치에 있다. 해시계에 대한 안내판은 다음과 같은 사실을 알려 준다.

이 해시계는 세인트 폴 대성당의 돔과 수평을 이룬다.

그리고 언덕을 쳐다보면 돔은 당신의 눈과 수평을 이룬다.

공원의 한가운데에는 발코니가 높은 2층짜리 집이 있었다. 찰스 2세가 넬리 귄[6]을 위해 지은 집이라고 실라는 내게 설명해 주었다. 그곳에서 아들을 낳은 넬리는 찰스 2세에게 그 아기에게 작위를 주라고 수차례 요구했지만 찰스 2세는

자꾸만 미뤘다. 그래서 어느 날 넬리는 왕이 자신을 방문하기 위해 집으로 말을 타고 오는 것을 보고는 아기를 양팔로 안고 발코니로 걸어 나가 외쳤다.

"당신의 아들에게 온당한 작위를 주지 않는다면 지금 즉시 이 아기를 떨어뜨려 죽이겠어요!"

그러자 찰스 2세가 외쳤다.

"부인, 떨어뜨리지 마오, 그 공작—!" 그렇게 해서 아기는 공작의 작위를 받았다는 이야기.

---

6   Nelly Gwyn, 1650-1687: 극장에서 오렌지를 팔다가 1664년 15세에 배우로 데뷔. 킹 극장의 인기 배우였다. 미국의 극작가 폴 케스터(Paul Kester, 1870-1933)의 〈Sweet Nell of Old Drury〉는 그녀를 모델로 한 작품이다.

엘레나가 방금 전화했다. 엘레나와 레오 부부가 돌아온 것이다. 그들은 내일 밤 함께 저녁을 먹고 나서 일링(Ealin)에 있는 그들의 아파트에 가자고 한다. 그녀와 레오는 '홉푸스세븐'에 이곳에 와서 나를 태우고 가기로 했다. 여기서는 아무도 "여섯 시 반(six-thirty)"이나 "일곱 시 반(seven-thirty)"이라고 말하지 않고 "홉푸스식스(hoppussix)"와 "홉푸스세븐(hoppusseven)"이라고 말한다. 그리고 미국에서의 "안에 (in)"는 여기서 "trendy"고 "단념하다(give it up)"는 "pack it in"이고 "걱정 마!(never mind!)"는 "not to worry!"다.

미국인과 똑같이 발음하는 단어도 여기서는 철자를 다르게 쓰는 것이 있다. 'curb'는 'kerb'라고 쓰고, 'check'는 'cheque'라고 쓰며, 'racket'은 'racquet'이라고 적는다. 더 황당한 것은 "감옥(jail)"은 "gaol"이라고 적고 "jail"이라고 발음한다.

또 신문가판대(newsstand)는 'kiosk'고 지하철(subway)은 'tube'다. 담배 가게(cigar store)는 'tobacconist's'이고 약국(drug store)은 'chemist's'다. 버스는 'coach'이고 트럭은 'lorry'다. 할부 구입(buying on time)은 'hire purchase'이며 현금 소지(cash and carry)는 'cash and wrap'이다. 버나드

쇼가 예전에 관찰한 대로 우리는 공통어로 나뉜 두 개의 나라다. 이제 자러 가야겠다. 'quataposstwelve(12시 15분)'이니까.

오 좋마운 날![1]

이제부터 나는 기도할 때마다 〈리더스 다이제스트〉를 기억하련다. 호텔 데스크에서 우편물을 집어 들었는데 런던 〈리더스 다이제스트〉에서 온 편지 한 통이 들어 있기에 세 쪽짜리 원고의 교정지이겠거니 생각했다. 나는 그것을 열었고 안에는 50파운드짜리 수표가 들어 있었다. 그 자리에 선 채 너무 좋아 쓰러져 죽는 줄 알았다.

나는 호텔 지배인 오토 씨를 수배해서 내 방을 열흘간 더 쓸 수 있는지 물었다. 그는 나의 질문에 어이없다는 듯 말했다. "우리가 당신을 쫓아낼 거라고 생각했어요?!"라고 말하

---

1 O Frabjous Day!: 〈이상한 나라의 앨리스〉에서 작가 루이스 캐럴이 여러 단어를 축약해서 만들어 낸 신조어들 가운데 하나. 옥스퍼드 영어 사전은 'fair'와 'fabulous', 그리고 'joyous'를 합친 단어로 추정한다. 우리나라에서는 '오 좋마운 날!' 혹은 '오 탄사스런 날이로다!' 등으로 번역하기도 함.

며 혀를 끌끌 찼다.

나는 부리나케 도이치 출판사로 가서 모든 사람들에게 그 소식을 전했고, 카르멘은 〈선데이 익스프레스〉의 앤 에드워즈(Ann Edwards)가 수요일 점심을 먹으며 나를 인터뷰하고 싶어 한다는 말을 전해 주었다.

"장소가 어딘지 맞혀 보실래요? 사보이 호텔 리버룸! 런던에서 제일 멋진 장소예요. 저도 기뻐요."

태머 씨는 나에게 수표를 현금으로 바꿔 줄 수 없었다. 그 수표는 은행에서만 현금으로 바꿀 수 있도록 발행한 것이라고 그가 말했다. 내일 그걸 들고 은행에 가야겠다.

나는 노라에게 전화를 걸어 그 소식을 들려줬다. 노라는 내가 금요일에 희귀본 거래업자들을 다 만날 수 있도록 저녁 뷔페를 대접하고 싶으며, 전에도 그렇게 하려고 했었는데 그들이 모두 "휴가 중"이었다고 했다.

조이스 그렌펠이 내일 밤 만찬과 관련해 전화했다. 내가 버스를 타고 자기들의 아파트를 찾아올 수 있는 완벽한 안내문을 우편으로 보내겠다고 한다. 런던에서 월요일에 시내 우편을 부치면 화요일에 도착한다고 확신하는 것이 내겐 무척 인상 깊다. 뉴욕이라면 한 블록 떨어진 주소지라 해도 월요일에 편지를 보내면 아마 수요일쯤 그곳에 도착할 것이다. 목요일까지도 받아 보지 못할 가능성이 상당히 크다.

나의 사회생활이 이대로 가다가는 옷 한 벌로 2주일 이상은 버틸 수 없다는 사실을 받아들여야 했다. 런던 해러즈 백화점 상품권을 선물한 나의 민주당원 클럽, 돈을 보태 준 오빠에게 축복이 있기를 기대하며, 나는 끝까지 헐지 않던 현금과 상품권을 들고 해러즈 백화점으로 쇼핑을 하러 간다. 엘레나의 말로는 그곳에서 여름 의류 재고 정리 세일을 하고 있다고 한다.

———— **나중에**

해러즈 백화점 할인 판매는 값이 너무 비쌌고 대부분 꽉 조이는 미디 스커트들이었다. 백화점을 나와 하비 니컬스로 가서 할인 판매하는 토스트화이트 리넨 제품을 사고, 다시 해러즈로 가서 할인 판매하는 모래색 숄더백을 상품권으로 구매했다. 모든 소지품을 그 백에 옮겨 담고 낡은 백색 밀짚 가방은 해러즈 백화점 쓰레기통에 던져 넣었다. 올이 풀리기 시작한 지 일주일이 넘은 가방이었다.

택시를 타고 존슨 하우스[2]를 갔다가 체서 치즈[3]에서 점심을 먹었다. (물쓰듯이 돈을 쓰는 중.) 그리고 〈이브닝 스탠더드〉에 들러 런던에 도착한 다음 날 나를 인터뷰했던 발레

리를 만나 〈이브닝 스탠더드〉에서 한 번 더 인터뷰하게 됐
다는 말을 전했다. (내가, 여기, 있으니, 얼마나, 좋은지.) 내
가 거기 있을 때 새로 산 숄더백의 잠금 장치가 고장났다. 발
레리는 무척 당황스러워했다. 내가 말했다. "그래서 세일품
목이었던 거야." 그녀가 말했다. "그래요. 하지만 '해러즈'
제품이 그러면 안 되죠!" 아무도 뉴욕의 '본윗'[4]을 그런 식으
로 말하지 않는다.

발레리는 나를 플리트 스트리트(Fleet Street)에서 좀 떨
어진 곳에 있는 조그마한 가게로 보내서 가방을 고치게 했
다. 그리고 가게의 남자가 수리하는 동안 나는 그에게 블룸
즈버리로 어떻게 가면 되는지 알려 줄 수 있느냐고 물었다.
걸어서 숙소에 가 보고 싶었던 것이다. 그가 대답했다.

"오번 스트리트(O-Burn Street)까지 가서 버스를 따라가
세요."

오번 스트리트를 찾다가 다른 오번 스트리트(Auburn
Street)도 알게 되었고, 마침내 그가 말한 거리를 우연히 발
견했다. 하이 홀번(High Holborn)이었다. 그곳이 런던 토박

---

2   Dr. Johnson's house: 최초의 영어사전 편찬자인 새뮤얼 존슨의 집.
3   예 올드 체셔 치즈(Ye Olde Cheshire Cheese): 존슨 하우스 근처의 펍. 새뮤얼
    존슨, 찰스 디킨스, 올리버 골드스미스 등이 단골이었다고 함.
4   Bonwit Teller: 1895-1990년 운영된 뉴욕의 고급 백화점.

이 사투리(코크니, cockney accent)로 오번이라고 부르는 곳이었다.

호텔 방의 무지막지하게 쏟아지는 물줄기 아래에서 몸을 구부리고 샤워를 하고 나서 레오와 엘레나를 만나기 위해 새 드레스를 걸치고 차에 올라탈 시간이 되었다.

———— 한밤중

레오는 엘레나와 나를 화려한 해물 식당으로 데려가서 저녁을 샀다. 조개들은 영국이나 미국이나 다 똑같이 생겼지만 맛은 매우 다르다. 게살과 랍스터는 여기가 훨씬 더 푸짐한데 너무 담백해서 미국인이 그 맛에 적응하기까지는 네 맛도 내 맛도 없다.

그들은 나를 태우고 그들의 아파트에 갔다. 나는 엘레나가 걸어 둔 영국 배우 헤일리 밀스(Hayley Mills, 1946-)와 파멜라 브라운(Pamela Brown, 1917-1975)의 초상화를 보았다. 파멜라 브라운에 대해서는 〈내가 가는 곳은 어디인가I Know Where I'm Going〉라는 아주 오래전의 영국 영화, 그리고 오스카 와일드의 희곡 〈진지함의 중요성The Importance of Being Earnest〉에서 연기하는 것을 보았던 어느 무대 공연 이후로 계속 각별한 애정을 지니고 있다.

나는 초상화에는 문외한이다. 심지어 좋은 작품을 봐도 그에 따른 적절한 말을 할 줄 모른다. 하지만 그 얼굴들은 우리에게 말을 건다. 나는 충격을 받아서 엘레나에게 이렇게 말했다. 얼굴도 예쁘고 금발인 데다가 학교를 갓 졸업한 듯 청순해 보이는 사람이 저렇게 재능까지 풍부한 건 공평하지 않다고.

레오는 내게 특별한 여름 음료를 만들어 주겠다고 선언했다. 자기는 그것으로 유명해진 몸이라고 한다. 그는 주방으로 성큼성큼 걸어가 통탕거리더니 가늘고 긴 음료잔 세 개를 들고 왔다. 나는 저녁 식사 후에는 술을 마시지 않으며 탄산음료도 좋아하지 않아서 톨 드링크[5]에 대해서는 아무것도 모른다. 나는 음료를 한 모금 마시고 말했다.

"이거 진저에일이죠? 맛이 아주 좋은데요."

"진토닉이에요."라고 레오가 말했다. 상처를 받은 것 같았다.

"진토닉이 오다가 길을 잃은 것 같군요. 그렇지 않아요?" 내가 말했다. 그는 진 병을 가지러 다시 주방으로 성큼 걸어

---

5 tall drink: 알코올 음료에 소다, 얼음 등을 넣어 굽 높은 유리잔에 부어서 마시는 음료.

갔다. 엘레나는 인정머리 없는 마누라처럼 배꼽을 잡고 웃었다.

"그건 레오만의 특별 음료인데, 저이는 그걸 엄청 자랑스럽게 여겨요!" 그녀는 숨을 헐떡이며 경련을 일으킬 정도로 웃어댔다. 아차 싶었다. 나는 평생 피해야 할 못된 말만 하면서 살고 있다고 레오에게 말했다. 그는 나의 잔에 진을 조금 더 붓고 나서 내가 홀짝이는 것을 앉아서 지켜보았다. 레오는 내가 그것을 충분히 마셨다고 생각될 때쯤 말을 꺼냈다.

"꼬맹이가 하나 부탁하고 싶은 일이 있대요."

나는 엘레나를 바라보며 물었다. "무슨 부탁을?" 하지만 엘레나는 초조한 듯 미소만 짓고 있었다. 레오가 말했다.

"당신을 그리고 싶다고 하네요."

그리고 나의 대답은

"미쳤나 봐."

화가들은 우리와 같은 보통사람들의 개성 없는 얼굴에서도 면과 각을 본다는 건 알고 있다. 그래도 어느 누가 못생기고 평범한 중년의 얼굴을 그리고 싶어 하는지는 아직 이해 불가다. 엘레나에게 내 생각을 전했더니, 그녀가 보기에는 내가 "시시각각 바뀌는" 흥미로운 얼굴이라고. 난 내 얼굴이 정말 그랬으면 좋겠다고 말했다.

이렇게 도리없이 난처하기는 처음이었다. 평생 나는 사

진 찍히는 것을 피해 왔는데 지금 엘레나는 내게 그녀를 위해 포즈를 취해 줄 수 있느냐고 진지하게 부탁하고 있다. 그녀는 단지 몇 번만 모델을 서 주면 된다고 했다. "아마도 세 번이나 네 번쯤?" 기대에 찬 조그만 얼굴이 나를 빤히 쳐다보고 있었다.

나는 그녀에게 두 가지 조건하에 제안을 수락하겠다고 했다. 첫째, 그녀는 러셀 스퀘어에서 나를 그려야 한다. 나는 그 어떤 실내 스튜디오에도 앉아 있지 않겠다는 것. 둘째, 그녀는 그림을 그리는 중, 혹은 끝마쳤을 때 내게 초상화를 보여주지 않겠다는 약속을 해야 한다.

그녀는 두 가지 조건에 동의했다. 이번 주에 그녀가 다른 일을 마치고 나서 다음 주에 시작하는 걸로.

피해망상의 아침.

오늘밤에 조이스 그렌펠의 아파트를 찾아가는 데 필요한 완벽한 안내문이 든 우편물이 도착했다. 하지만 그녀가 정오에 목사와의 대화 프로그램을 갖는 칩사이드의 세인트 메리 르보 교회에 가는 방법은 없었다. 내가 갖고 있는 지도에서 칩사이드를 찾은 다음, 그곳에 가기 전에 〈다이제스트〉의 수표를 현금으로 바꾸기로 마음먹었다.

나는 가장 가까운 은행에 갔다가, 다시 거기서 길 건너에 있는 다른 은행으로 갔다. 두 은행 모두 신분증 확인을 거절하는 정체불명의 인물이 〈리더스 다이제스트〉 수표를 현금으로 바꿔 달라고 해서 충격을 받은 것 같았다. 그들은 나를 대신해 〈다이제스트〉나 도이치 출판사에 전화해 보려고도 하지 않았다. 그런 건 은행 방침이 아니었다.

나는 세 번째 은행에 갔다. 그곳에서 창구직원이 나를 어떤 관리자에게 넘겼다. 그는 다른 관리자와 상의하고 오더니 내가 그 수표를 뉴욕에 있는 나의 은행에 우편으로 부치면 더 낫지 않겠느냐고 말했다. 지금 이 자리에서 현금이 필요하다는 나의 설명에 그는 심한 충격을 받은 것 같았다. 은행원 앞에서는 "현금이 필요하다."는 말을 입에 담지 마시라.

나는 그에게 나의 거래 은행이 뉴욕 케미컬 은행이라고 말하고 런던에 지점이 있는지 물었다. 마지못해 있다고는 말했지만, 그 런던 지점이 나의 수표를 현금으로 바꿔 줄지 모르겠다고 했다. (그는 "바꿔 줄 수도…"라고 말했다.) 나는 케미컬 은행으로 갔다. 그들은 치아만 빼고는 나의 모든 것을 샅샅이 보자고 요구한 다음에 수표를 현금으로 바꿔 주었다. 잡지나 TV에서 그렇게나 친절하고 서민적으로 보이는 은행 광고만큼 내 화를 돋우는 것이 없다. 내가 걸어 들어갔던 은행마다 거의 코브라 못지않게 서민적이었다.

겨우 30분을 남겨 둔 시각에 가까스로 칩사이드로 출발했다. 버스를 타고 나서야 지도를 들고 나오지 않은 것을 알았다. 차장에게 칩사이드의 세인트 메리르보 교회에 가고 싶다고 말했더니, 그는 나를 세인트 폴 대성당 근처에서 내려주고는 저쪽에 보이는 거리를 가리키며 말했다.

"저쪽으로 조금 가다가 왼쪽으로 가세요."

나는 저쪽으로 조금 가다가 왼쪽으로 돌고, 이쪽으로 조금 가다 왼쪽으로 꺾었다가 오른쪽으로 돌아섰다. 그러고는 여섯 명에게 물었다. 알고 보니 그들은 모두 관광객이었다. 모퉁이에서 속도를 늦추는 버스가 있기에 그 버스 차장에게 세인트 메리르보 교회로 가는 길을 가르쳐 줄 수 있느냐고 큰 소리로 물었다. 차장이 큰 소리로 대답했다.

"미안합니다, 손님. 오늘 출근 첫날이거든요!"

나는 그에게 행운을 빌었다. 여러분도 그렇게 해 주시기를. 나는 계속 걸었다. 눈에 띈 것은 엉뚱한 교회 세 곳, 갓스미스 홀(Godsmith's Hall), 그리고 여기저기 흥미로운 골목들. 하지만 메리르보는 찾지 못했다. 아무튼 그때쯤에는 대화의 시간도 끝났을 것이다. 나는 연기 자욱한 조그마한 펍에 들어앉아 혼자 즐겁게 식사했다.

_____ **한밤중**

조이스는 문간에서 나를 맞아들여 그렌펠 가문, 랭혼 가문의 초상화와 사진들이 걸려 있는 거실 벽을 구경시켜 주었다. 조이스의 어머니는 버지니아주의 랭혼 자매 중 한 명이었다. 자매 중 맏이인 아이린 랭혼(Irene Langhorne, 1873-

1956)은 찰스 다나 깁슨[1]과 결혼한 실존 깁슨 걸이었고, 다른 자매인 낸시 랭혼은 영국에서 두 번째 여성 국회의원이며, 애스터 경(Lord Waldorf Astor, 1879-1952)과 결혼한 유명한 애스터 부인이었다. 세 번째 자매인 필리스가 조이스의 아버지와 결혼했다.

벽에 연극 사진은 거의 없었다. 그녀가 가장 자랑스럽게 생각하는 사진은 그녀의 이름을 조명으로 아로새긴 극장거리 헤이마켓(Haymarket)의 대형 천막이다. 헤이마켓은 스타의 이름을 조명으로 연출하는 것을 금지하는 규정을 두었고, 그곳에서는 오직 쇼의 이름만 조명한다. 하지만 조이스가 거기서 원맨쇼를 펼쳤을 때 그녀는 그저 단순히 쇼의 스타가 아니었다. 그녀는 쇼 자체였다.

조이스는 내가 좋아할 것이라고 생각하고 플로렌스 나이팅게일의 전기를 내게 한 권 주었다. 그녀는 매일 아침 여섯 시에 알람을 맞춰 놓고 일곱 시까지 침대에서 책을 읽는다. 조이스는 자신이 그런 습관을 들이지 않았다면 그 어떤 것도 읽을 짬을 전혀 내지 못했을 것이라고 말했다. 보아하니 그녀는 온갖 것을 다 읽는 것 같다.

---

1 Charles Dana Gibson, 1867-1944: 미국의 화가, 일러스트레이터. 그의 아내를 비롯한 네 자매의 이미지에 영감을 받아 그린 그림에 S커브 실루엣 의상 스타일 여성이 자주 등장했는데, 당시 '깁슨 걸'이라 불렸다.

나는 다른 사람들이 얼마나 독서를 많이 했는지 알게 될 때, 그리고 그에 비해 내가 얼마나 무지한지를 깨달을 때면 늘 부끄럽다. 내가 한번도 읽지 않은 유명한 책과 작가들의 기다란 목록이 있다는 걸 사람들은 믿지 않으려 할 것이다. 나의 문제는 다른 사람들이 50권을 읽을 때 나는 한 권을 50번 읽는다는 거다. 말하자면 20쪽의 맨 아래를 읽다가, 기억을 더듬어 보면 21쪽과 22쪽을 암송할 수 있다는 사실을 깨닫게 되면 그제야 읽기를 멈춘다. 그러고는 그 책을 몇 년간 멀찍이 치워 둔다.

저녁을 먹고 그들은 나를 태우고 첼시의 이곳저곳을 드라이브하고 그들이 결혼식을 올린 장소를 나에게 보여주었다. 그들은 거의 어린 시절부터 연인 사이였다고 조이스가 말해 주었다.

"나는 열일곱 살이었고 레지는 막 옥스퍼드를 졸업했을 때였어요. 내가 그와 처음 테니스를 치던 날, 그때까지는 보통 땋은 머리를 하고 있었는데 그날 저녁에만 유독 올린 머리를 하고 있었지요."

그들은 나를 태우고 오래된 런던의 금융중심지인 시티[2],

그리고 세인트 메리르보 교회(St. Mary-Le-BOW's Church)를 보여주었다. 이제야 교회 철자가 명확해졌다. 오직 영국 사람들만이 'bow'를 'le'에 붙일 수 있다. 내가 길을 잃고 헤맨 곳이 어디서부터였는지 알아내기에는 너무 어두웠다.

그들은 나에게 무엇을 보여줄지를 두고 계속 티격태격 정겨운 논쟁을 벌이는 중이었다.

"아, 세인트 폴 대성당은 아냐, 여보. 거긴 이분이 벌써 구경했을 거야."

"조명이 켜진 그곳을 보면 좋아하실 거야, 레지이!"

"조명이 켜진 그곳을 이미 여섯 번은 봤을걸. 플리트 스트리트를 보여드리면 어때?"

뒷자리에 앉아 있던 내가 목소리를 높여 런던 빈민가를 보고 싶다고 말했다.

"걱정이 되네요." 조이스가 조심스럽게 말했다. "아무것도 볼 게 없거든요."

영국의 무료 의료제도에 그 사실을 더하면 자본주의와 사회주의의 차이에 대해 우리가 알아야 할 모든 것을 알 수 있게 된다.

〈선데이 익스프레스〉의 앤 에드워즈가 점심식사를 위해 나를 사보이 호텔로 데리고 갔다. 런던에 실망하지 않았다는 내 말을 그녀는 믿지 않았다.

"당신이 온다는 이야기를 들었을 때 당신에게 편지를 써서 '작가님, 오지 마세요. 당신은 15년이나 뒤늦은 거라고요.'라고 말해 주고 싶었어요."

뭐 때문에? 웨스트민스터 사원 때문에?

사람들이 대사원과 세인트 폴 대성당과 런던타워를 구경하겠다고 평생 꿈꾸다가 어느 날 실제로 자신이 그 장소에 왔다는 걸 알게 되면 그곳들은 결코 실망을 안겨 줄 수 없다는 사실을 앤 에드워즈에게 설명해 보려고, 나는 애를 썼다. 나는 그녀와 헤어질 때 세인트 폴 대성당을 드디어 보러 갈 예정이라고 말하고, 그곳이 나를 실망시키지 않을 거라고 장담했다. 하지만 평생을 런던에서 살았던 그녀는 집에서 업라이트 롤스로이스를 보유했던 시절의 이야기를 아쉬운 듯 들먹였다. "그 차는 시동을 걸 때마다 조심성 많은 하인처럼 살짝 헛기침을 하곤 했어요."

사보이 호텔 리버 룸은 아름답고 음식은 훌륭했다. (내가 클라리지 호텔에 대한 로망이 있긴 하지만.) 게살 요리도 먹고 랍스터 테르미도르[1]도 먹었는데, 두 요리 모두 양이 어마무시해서 다 먹어 치울 수는 없었다. 그래도 딸기와 크림은 싹 다 먹었다. 영국의 크림은 중독성이 있다. 그리고 여기서 딸기를 먹을 때마다 어느 영국인 성직자의 말이 생각난다.

"의심할 여지없이 신께서는 딸기보다 더 좋은 열매를 만드실 수 있었다. 그리고 의심할 여지없이 신께서는 그러지 않으셨다."

점심을 먹은 뒤에 호텔을 나와서 함께 템스강 둑길을 따라 걸어가면서 앤은 세인트 폴 대성당으로 가는 지름길을 내게 알려 주었다.

앞으로 점점 가까이 다가오는 존 던의 성당을 바라보며 강을 따라 걷는 길은 매력이 있었다. 걸으면서 존 던을 생각했다. 그는 착한 여성의 사랑에 의해 실제로 개과천선한 탕

---

1   lobster thermidor: 바닷가재 살을 소스에 버무려 그 껍질 속에 다시 넣고 그 위에 치즈를 얹은 요리.

아'였다'는 이야기를 들을 수 있었던 유일한 남자다. 존 던은 런던타워 고위 관리의 딸인 앤 모어(Anne More)와 달아났고, 분기탱천한 그녀의 아빠는 그 벌로 그들을 런던타워에 던져 넣었다. 존은 건물의 한쪽 끝에, 그의 신부는 다른 쪽 끝에 있었다. 그리고 존 던은 그녀에게 쪽지를 보냈다. 그 쪽지를 보고 그의 이름을 돈(Donn)이 아니라 던(Dunn)으로 발음한다는 걸 유추해 낼 수 있었다. 쪽지의 내용은 다음과 같다.

John Donne

Anne Donne

Undone.

존 던, 앤 던, 언 던(안 끝났어요).

그는 좀 미치기도 했다. 앤이 죽었을 때 그는 자신의 수의를 짓게 해서 20년 동안 그 수의를 침대 위에 놓고 잠을 잤다. 아름다운 문장을 쓰는 사람은 조금 이상한 짓을 해도 용서가 된다.

나는 세인트 폴 대성당의 계단을 걸어 올라갔다. 드디어, 마침내, 몇 년 만인가? 그리고 출입구를 통해 들어가 거기 서서 돔 천장을 올려다보고 제단에 이르는 널따란 통로를 내려다보며 제임스 1세[2]가 그를 부르러 사람을 보냈던 그 밤에 던이 어떤 생각을 했을지 상상해 보려고 애를 썼다. 그리고 적어도 그 순간 나는 내가 읽지 못한 수백 권의 책을 준다고 해도 내가 암송하다시피 하고 있는 몇 권의 책과는 바꾸고 싶지 않았다. 적어도 10년 동안은 아이작 월튼이 쓴 〈존 던의 전기Lives of John Donne〉를 펼쳐 보지 않았는데도, 거기 존 던의 성당에 서자 그 아름다운 문구가 온전하게 그 자리에서 내 머릿속에 떠올랐다.

폐하가 자리에 앉으면서 기뻐하며 말했다. "던 박사[3], 내가 그대를 저녁 자리에 불렀소. 경이 나와 함께 자리에 앉지 않는다 할지라도 그래도 내가 알기로 경이 무척 좋아하는 요리를 내가 그대를 위해 잘라서 나누어 주리다. 그대가 런던을 사랑하는 줄 아는 고로 나는 이로써 경을 세인트 폴 대성당의 주임 사제로 임명하겠소. 그리고 내가 저녁을 마치면 경은 경이 아주 좋아하는 이 음식을 경의 서재로 가져가서 감사

2 King James: 스코틀랜드의 메리 여왕의 아들. 스코틀랜드의 국왕 제임스 6세로 재위(1567-1625년)함과 동시에 잉글랜드의 국왕 제임스 1세로 재위(1603-1625년). 제임스 1세의 이름으로 나온 영어 성경이 '킹 제임스 성경'.

3 옥스퍼드 대학에서 3년을 보낸 뒤 케임브리지 대학으로 옮겼던 존 던은 1610년 옥스퍼드 대학에서 문학석사 학위를 받았고, 1615년 제임스 1세의 명령으로 케임브리지 대학에서 신학박사 학위를 받았다.

기도를 드리고 맛있게 들기를 바라오."

그리고 일라이자 둘리틀[4]이 말하곤 했던 것처럼, 나도 제대로 이해했다고 장담할 수 있다.

대규모 관광단을 이끌고 다니는 안내원들이 보였다. 통상적인 내용을 몇몇의 안내원은 영어로, 어떤 이는 프랑스어로, 어떤 이는 독일어로 설명하고 있었다. 단조로운 목소리들이 서로 부딪쳐 귀에 거슬렸다. 나는 그들과 최대한 멀리 떨어져 혼자 돌아다녔다. 옆 통로를 걸어 내려가며 명판과 흉상을 일일이 구경하고 제단을 돌아 다른 쪽 복도로 돌아 나오면서 더 많은 명판과 흉상들을 보았다. 그랬는데도 놓칠 뻔한 것이 있었다. 그것은 흉상도 아니고 전신상도 아닌 특이한 형태였다. 그래서 나는 설명글을 읽기 위해 발길을 멈췄다. 내 앞에, 세인트 폴 대성당의 벽에 걸려 있는 것은 수의를 입은 존 던의 조상(彫像)이었다.[5]

---

4 일라이자 둘리틀은 사람들의 대화가 한없이 피상적임을 풍자한 버나드 쇼의 희곡 〈피그말리온〉의 등장인물. 이 작품은 빈민가의 꽃 파는 소녀 일라이자 둘리틀이 언어학자 헨리 히긴스의 교습으로 교양 있는 귀부인처럼 말하고 행동하게 된다는 내용을 담고 있다. 〈피그말리온〉을 뮤지컬 영화로 제작한 〈마이 페어 레이디My Fair Lady〉에는 영화배우 오드리 헵번이 출연했다.

5 1640년 존 던의 전기를 출판한 전기 작가 아이작 월턴(Izaak Walton)에 의하면 던은 병이 들었을 때 수의를 입은 자신의 모습을 그리게 했다고 한다. 이 그림을 바탕으로 하여 조각가 니컬러스 스톤(Nicholas Stone)은 흰 대리석으로 된 조상을 만들었다.

나는 그의 앞에서 머리를 숙였다.

문 바로 안쪽에 조그마한 예배실이 있다. 문의 명패에는 "세인트 던스턴(St. Dunstan) 예배실. 사적인 묵상 예약됨." 이라고 씌어 있다. 나는 안으로 들어가 감사를 표했다.

실로 15년이나 늦게 왔지만.

런던 〈리더스 다이제스트〉의 켄 엘리스가 내 사진을 찍기 위해 그의 어여쁜 어시스턴트, 그리고 사진작가 한 명을 데리고 오늘 아침 들이닥쳤다. 평소 하던 대로 불평을 늘어놓기는 했지만 속마음은 그렇지 않았다. 《다이제스트》가 아니었다면 나는 이 순간 대서양을 날아 고국으로 돌아가고 있겠지). 그래서 나는 고분고분하게 그들을 따라 종종걸음으로 채링 크로스 84번지로 한 번 더 가서 을씨년스럽고 텅 빈 위층 사무실의 창턱에 앉아 사진을 찍었다. 켄은 페인트가 벗겨지고 녹슨 하얀 글자들을 주웠다. 한때 '마크스 & Co.'라는 단어를 이루고 있던 글자들이었다. 그것들을 집으로 가져가고 싶다.

(그리고 9월의 어느 날 가을맞이 청소를 하다가 우연히 그것들을 보게 되면 스스로에게 질문을 던지게 되리라. "이런 것들을 뭐에 쓰려고 가져온 거야. 할머니가 되었을 때 그

걸 들여다보면서 눈물이나 짜려고?" 그러면서 그것들을 내던져 버리리라.)

그들은 점심을 먹기 위해 나를 윌러스 식당(Wheeler's, 런던을 방문하게 되면 사람들이 죄다 데리고 가는 유명한 해산물 식당)에 데리고 갔다. 켄은 이곳 사람들 모두가 새 화폐를 싫어하는 이유를 내게 설명해 주었다. 그건 영국인들에게 내재된 차별화의 욕구와 관계가 있다. 영국의 새로운 십진법 화폐 체계는 하페니-투페니-기니-테너-태너[1]의 구화폐 체계보다 훨씬 간단하다. 하지만 구화폐는 '그들만'의 것이었다. 다른 어느 나라도 그 화폐를 가지고 있지 않았고, 아무도 그 화폐 제도를 이해할 수 없었다. 영국인들은 같은 이유로 유럽경제공동체에 들어가는 것을 싫어한다고 켄이 말했다. 영국인들은 유럽의 일부가 되기를 바라지 않으며, 분리되고, 다르고, 따로 떨어져 있기를 원한다. 이때 켄은 영국에서는 이제 진부한 농담이 되어 버린 오래된 신문기사를 인용하면서 이를 설명했다. 섬 전체가 안개에 뒤덮인 악천후 기간에 한 영국 신문은 머리기사 제목을 **"안개가 대륙을 고립시키다"**라고 달았다.

---

1 ha'penny-tupenny-guinea-tenner-tanner(0.5페니-2펜스-1.05파운드-10파운드-6펜스).

엘리스 부부와 저녁을 먹고 있는데 진이 막 전화해서 코노트는 아주 구시대에 속하는 곳이라 아직도 여자들이 바지 차림으로 식당에 들어가는 것을 허락하지 않는다고 나에게 경고했다. 나는 그녀에게 드레스가 두 벌이나 있다고 품위 있게 말했다.

_____ **밤 11시**

코노트는 그로스브너 스퀘어(Grosvenor Square) 가까이에 있으므로 나는 루스벨트 동상을 보러 먼저 그곳으로 갔다. 어떤 사람이 들려준 얘기에 따르면 루스벨트 대통령의 서거 후 영국 정부는 모금으로 그의 기념 동상을 세우기로 하고 개인의 기부금 한도를 1실링으로 제한함으로써 모든 사람이 기부할 수 있도록 결정했다. 그리고 1실링씩 기부받아 목표액을 달성할 때까지 모금을 계속할 것이라고 발표했다.

모금은 72시간 만에 끝났다.

그 이야기가 내게는 기념 동상 자체보다 훨씬 더 감동적이었다. 그것은 FDR(프랭클린 D. 루스벨트)이 지팡이를 짚고 망토를 걸친 채 서 있는 동상이다. 그의 모습은 그 자리에 있으나, 그의 개성과 특징은 전혀 드러나지 않았다. 백악관에서 생활하는 동안 내내 위축되고 쓸모없었던 다리로 서 있는 FDR의 동상을 보니 화가 치민다. 그의 엄청난 업적이 하반신이 마비된 남자가 이룬 것이라는 사실을 무시한다면 루스벨트를 판단하는 잣대가 제구실을 할 수 없지 않나. 나 같으면 야윈 다리를 감추기 위해 항상 무릎 위에 담요를 덮고 앉아 있던 그를 조각했을 것이다. 그 밖의 다른 것들은 불굴의 의지가 담긴 그의 얼굴에 함께 깃들어 있는 용감한 기질과 유머를 훼손하기 마련이다. 그 동상의 얼굴에서 용기와 유머가 빠져 있기 때문에 나는 그 동상에 큰 의미를 두지 않는다. 어쨌거나 그 많은 영국인들이 그를 좋아하는 걸 보니 기분이 좋다.

진 일리와 테드 일리 부부는 여전히 나를 놀라게 한다. 그들은 뉴욕에서 나의 책을 읽은 후에 나를 저녁 식사에 초대했다. 그들은 아주 널찍한 뉴욕 5번가의 아파트에 살고 있다. 잘 닦아서 윤이 나는 마호가니 가구와 고급 앤티크 카펫들, 그리고 따듯한 색상으로 치장한 집이었다. 그리고 나는 그들이 내가 만난 사람들 가운데 최고로 아름다운 부부라고 생각했다. 두 사람 모두 늘씬하고 허리가 꼿꼿한 편이며, 숱 많은 은발 머리와 단정한 이목구비에 온화한 미소를 짓고 있어서, 진이 아무렇지도 않은 듯 그들 부부가 70대 중반이라고 말했을 때 깜짝 놀라지 않을 수가 없었다. 그들은 1930

년대 영화에 등장하는 상류 사교계 아가씨의 부모들처럼, 믿을 수 없을 정도로 멋지고 시간이 흘러도 변치 않는 아름다움을 지녔다.

코노트에서 일리 부부와 저녁을 먹으며 PB에 대해 이야기를 주고받았다. 나는 PB에게 전갈을 보내 2주 더 머물 거라고 말해 두었다. 진은 아마 그가 우리 셋을 어딘가 데리고 갈 것이라고 말했다.

운전사가 딸린 리무진이 나를 호텔로 태워다 주었다. 내가 고국에 돌아갔을 때 뉴욕 2번가의 생활에 어떻게 적응하라고 사람들이 이러는지 모르겠다.

엘레나가 전화했다. 일요일 오전에 내가 초상화 모델을 설 시간이 있는지?

약간의 진토닉에 넘어가서 내가 합의한 일.

노라와의 저녁 뷔페 모임에서 방금 돌아왔다. 그곳에 나는 한 시간 반이나 늦게 도착했다. 내가 주인공으로 초대받은 자리였는데. 내 말은 오늘 저녁은 시작부터가 끔찍했다는 뜻이다.

노라가 오늘 아침에 전화해 나를 태우고 갈 차를 7시 15분까지 이곳으로 보낼 것이라고 말했다. 그래서 평소처럼 옷을 차려입고 7시부터 로비에서 기다렸다. 7시 15분이 됐는데 차가 오지 않았다. 7시 30분에도 도착하지 않았다. 그리고 7시 45분이 되자 나는 노라의 친구들이 나를 태우러 오는 걸 잊어먹은 게 틀림없다고 단정하고 그녀에게 전화를 걸었다. 그녀는 "당신을 정중하게 모시고 올" 택시를 예약해 뒀다고 말했다. 택시는 오지 않았다. 노라는 얼른 호텔을 나와 택시를 타고 오라고 했다.

거리로 나가 택시를 잡아탔다. 하지만 북런던은 확실히

브루클린의 변두리와 맞먹는 곳이며, 런던 택시 운전사들은 뉴욕 택시 운전사들과 끔찍하게도 닮았다. 나는 운전사에게 노라의 주소를 주었다. 그리고 기사는 무표정한 얼굴로 나를 쳐다보았다.

"그곳이 어딘지 모르겠습니다, 부인." 그가 감정이 실리지 않은 어조로 말했다. 나는 순진하게도 그곳이 하이게이트에 있다고 설명했다. 운전사가 이번에는 앞쪽을 바라보는 자세로 좀 전과 같이 감정이 없는 목소리로 똑같은 말을 되풀이했다.

"그곳이 어딘지 모르겠습니다, 부인."

나는 주소가 적힌 쪽지를 든 채 그 택시에서 내려 10분을 기다리다 다음에 나타난 택시에 올라탔다. 나는 그 운전사에게 노라의 주소를 주었다. 그리고 우리는 아까처럼 단어 알아맞히기 제스처 게임을 했다. 그러나 이번 운전사는 나를 떨쳐 버리는 데 급급한 나머지 택시에서 내릴 때 두 발이 땅에 닿기도 전에 총알같이 달아나는 바람에 나는 두 다리를 뻗은 채 나동그라졌다. 그래서 나를 위한 만찬은 7시 30분인데 8시 15분 현재 나는 다리에 피범벅을 하고 이곳에 있었다. 호텔방으로 다시 올라가 상처를 깨끗이 닦고 새 스타킹을 신을 수는 없었다. 그러자면 15분이 더 늦기 때문이다.

나는 다시 로비로 들어가 프런트 직원과 상의했다. 그는 내게 필요한 것은 미니캡이라며 그들은 어디든지 데려다 줄 거라고 말했다. 미니캡은 런던에서 뉴욕의 리무진 서비스에 해당하는 것이다. (그리고 비용도 그만큼 비싸다.) 안내원이 나를 위해 미니캡 회사에 전화를 했고 15분 후에 택시가 도착했다. 그 운전사는 내게 자신의 이름이 배리이며, 자신은 병원 인턴이고, 쥐꼬리만 한 돈이라도 만지기 위해 야간에 미니캡을 운전한다고 했다. 그는 마치 우리가 죽음을 동경하는 사람들이라도 되는 양 북런던의 언덕길을 달렸다. 하지만 걱정 마시라. 그는 나를 그곳에 닿게 했고, 덕분에 그곳에 가면서 즐거운 한때를 보낼 수 있었다.

그는 캐나다의 맥길(McGill) 대학에서 공부했으며 여름 방학에는 맨해튼에서 일하며 보낸다고 했다. 그는 뉴욕에 내린 첫날, 자신이 브로드웨이와 42번가가 만나는 어름의 트래픽 아일랜드[1]에 있다는 걸 깨달았다. 그는 자신이 어디에 있는지는 몰라도, 타임스 스퀘어에는 가보고 싶었다. 교통정리를 하는 경찰 한 명이 보여서 배리는 길을 묻기 위해 그 경찰의 뒤로 걸어가 그의 어깨를 가볍게 톡톡 두드렸다. 그랬더니 예의와 공익의 대명사인 뉴욕시 경찰관 나으리가 뒤돌아보더니 총구를 배리의 배에 들이댔다.

---

1 traffic island: 교통섬. 보행자를 보호하기 위해 도로 가운데 만들어 놓은 구역.

"경관님, 나는 타임스 스퀘어로 가는 길을 알고 싶을 뿐입니다."

"그거 정말이오?" 그 경찰이 말했다.

"관광객이라서 주변 지리를 잘 몰라요." 배리가 설명했다. "영국인이란 말입니다."

"웃기는 소리 하지 마쇼." 그 경찰은 총을 배리의 배에서 떼지 않은 채 말했다. 그래서 배리는 설득을 포기하고 이렇게 말했다.

"경관님, 나를 쏘게 되면 내 뒤에 있는 400명도 함께 죽게 될 테니 제발 뒤로 물러서 주십쇼."

그제서야 경찰은 그를 놓아주었다. 그리고 배리는 길을 건너 지나가는 사람에게 타임스 스퀘어에 어떻게 가느냐고 물었다. 행인은 그 문제를 곰곰 생각하고 나서 말했다.

"한 블록 걸어가서, 왼쪽으로 돌고, 한 블록 걸어가서, 왼쪽으로 돌고, 한 블록 걸어가서, 왼쪽으로 돌면 됩니다."

그래서 배리는 그 블록 주위를 걸었다. 그리고 그렇게 해서 그는 자신이 줄곧 타임스 스퀘어에 서 있었다는 것을 깨달았다. 그는 '스퀘어'라는 이름이 붙은 곳이라면 영국식으로 공원이 하나씩 자리 잡고 있을 줄 알고 타임스 스퀘어를 찾고 있었던 것이다. 그 행인이 모르고 있었던 것은 런던에서는 한 블록을 걸어가서, 왼쪽으로 돌고, 한 블록을 걸어가

서, 왼쪽으로 돌고, 한 블록을 걸어가서, 왼쪽으로 돌면 출발했던 곳 근처에도 갈 수 없다는 사실이다.

그는 브리태니커 백과사전과 만년필 방문판매도 했다고 한다. 주부들 대부분이 그의 면전에서 현관문을 쾅 닫았다. ("'부인, 넥타이가 끼었어요, 문 좀 열어 주세요.'라고 소리쳐야 할 일이 종종 일어나곤 했지요.") 그래서 그는 울워스 백화점에서 만년필 사용법을 시연하는 일로 갈아탔다고 했다. 그는 그 체제에서 이기는 방법은 그 일에 아주 익숙해지고 강사로 승진하는 것임을 터득했다. "다른 친구들에게 시연하는 법을 가르치다 보면 적어도 의자에는 앉게 되거든요."라고 그가 설명했다.

배리는 나를 노라의 집에 내려주며 밤 12시에 와서 나를 호텔로 데려다 주겠다고 했다.

나는 노라의 머리를 후려갈길 수도 있었다. 내가 준비를 마치고 7시 15분부터 기다리고 있었다는 사실을 노라가 손님들에게 말하지 않았으니까. 어떤 여자가 나를 돌아보며 예의바르게 물었다.

"실례지만 왜 늦었는지 여쭤봐도 될까요?" 그녀에게 대답할 말을 잃은 망연자실의 순간, 나는 실라와 함께 위층으로 달아나 그녀의 방에 숨어 마음을 진정시켰다. 나는 침착하지 못하다.

희귀본 거래업자들 모두가 책을 거래하는 이야기로 나를 즐겁게 했다. 그들의 말을 들어 보면 전쟁 후에 책들이 너무 많고 책방의 공간이 충분하지 않아 런던의 거래업자들은 다들 오래된 책 수백 권을 런던 거리의 뻥 뚫린 포탄 구덩이에 **묻었다.** 오늘날 새 건물들을 헐고 새로 낸 길들을 파헤쳐서 그때 묻은 책들을 회수할 수 있다면 엄청난 횡재가 될 것이다. 나는 문득 핵전쟁이 터져 세상의 모든 것이 파괴되는 상상을 해 봤다. 핵폭탄이 런던의 땅속 깊은 곳에서 폭발할 때, 그 폭탄이 떨어진 자리 어딘가에 옛날 책 한 권이 놓여 있는 장면.

참석자 모두가 나에게 줄 작은 선물을 가져왔는데, 그 선물들 중 하나에 실수를 한 것 같다. 서명본을 취급하는 아주 매력적인 여자 한 분이 예쁘게 장정한 수첩 한 권을 내게 주었다. 마침 낡은 수첩 하나를 일정표로 바꿨던 까닭에 다른 것이 필요했던 참이었다. 쿼리치(Quaritch) 서점에서 온 희귀본 담당 남성이 나에게 자신의 이름과 서점 주소를 알려 줄 때 나는 그 내용을 새 수첩에 받아 적었다. 그러자 침묵이 이어진 것으로 보아 이런 수첩에 글씨를 끼적이는 게 일종의 신성모독이었던 것 같다. 그 수첩은 사용해서는 안 되고 쳐다만 보아야 하는 골동품 중 하나라는 사실을 통렬하게 깨닫게 된 것이다. 도대체 사용도 할 수 없는 수첩을 가지고 내가 무엇을 해야 할까? 나는 늘 이런 식으로 곤경에 빠진다.

배리는 12시 정각에 도착해 나를 호텔로 태워다 주었다. 그는 자기가 근무하고 있는 병원 근처에 오게 되면 방문하라며 병원 이름이 세인트 바살러뮤(St. Bartholomew's Hospital)라고 했다. 그는 헨리 8세 동상이 있는 문으로 들어가면 예배당이 보이는데 아름다운 곳이니 구경하라고 말했다. 나는 그의 이름인 배리 골드힐을 그 신성모독을 당한 수첩에 적고 그의 진료과목을 물었다. 그는 "산부인과"라고 말했다. 나는 말했다. "아이코, 우린 너무 늦게 알게 돼서 당신에게 진료를 받을 기회는 없을 것 같네요."

러틀랜드 게이트에서 온 편지. PB가 집에 돌아왔다.

　19일 월요일 11시 정각에 만나요. 찰스 2세와 셰리주를
마시고, 찰스 디킨스와 점심을 먹어요.

이만 총총

P.B.

　나는 디킨스에 대해서 먼저 철저히 공부하는 게 좋겠다는
생각이 들었다. 그래서 아침을 먹은 다음 걸어서 다우티 스트
리트(Doughty Street)에 있는 디킨스 하우스[1]에 갔다. 그곳은

1　Dickens House: 디킨스의 기념관은 런던을 비롯해 영국 남부지방에도 다섯 곳
　이 넘는다고 한다. 다우티 스트리트의 집은 찰스 디킨스가 25세 때 그의 부인 캐
　서린과 신혼생활을 한 곳으로 1837년부터 1839년까지 3년간 살았으며 1925
　년에 박물관으로 개방했다. 그가 사용하던 책상 등 중요한 유품을 가장 많이 전
　시하고 있다.

러셀 스퀘어 너머로 두어 블록밖에 안 된다. 전에는 이곳에 갈 만큼 디킨스에 대한 관심이 그리 많지 않았다. 내가 지금 하는 말이 이 나라 사람 **누구에게도** 새어 나가면 안 된다. 디킨스를 좋아하지 않으면 이단아가 된다. 무슨 말인가 하면 디킨스는 영국 모든 가정의 성주신이라는 이야기다.

PB 말고는 내게 셰익스피어가 드나들었던 펍에 대해 말해 준 사람이 한 명도 없었다. 아무도 피프스라는 획기적인 인물을 언급하지 않고, 아무도 웜폴 스트리트에 얽힌 이야기를 말하지 않는다. 게다가 조지 버나드 쇼가 "녹색 눈의 백만장자 여인"[2]에게 구애한 집에 대해 물으면 무슨 말인지 아무도 모른다. 하지만 런던에 사는 사람이라면 누구나 미스터 픽윅[3]이 어디서 식사를 했는지, 디킨스의 소설 〈오래된 골동품 상점Old Curiosity Shop〉에 등장하는 골동품 상점이 어디 있는지 일러 주고, 〈올리버 트위스트Oliver Twist〉를 집필한 다우티 스트리트의 집을 구경하라고 말해 주며,

---

2   green-eyed millionairess: 조지 버나드 쇼가 유명한 작가가 되기 전 경제적으로 곤란을 겪을 때 아일랜드의 부유한 상속녀 샬럿 페인타운센드(Charlotte Payne-Townshend)와 1898년 결혼하게 된다. 쇼는 사진을 즐겨 찍었는데 그의 부인을 찍은 사진 뒷면에 부인의 이름과 함께 '녹색 눈의 백만장자 여인'이라고 적었다고 한다.

3   Mr. Pickwick: 디킨스의 첫 장편소설인 〈픽윅 클럽 여행기The Pickwick Papers〉의 등장인물인 새뮤얼 픽윅(Samuel Pickwick).

이곳은 밥 크래칫[4]이 살았던 캠던 타운이고 '디킨스가 〈위대한 유산〉을 쓴 곳을 관리인이 당신에게 보여줄 것'이라고 이야기해 준다.

다우티 스트리트는 여전히 내 마음을 흔드는 또 다른 거리로, 우아한 좁은 벽돌집들이 연이어 들어서 있는 곳이다. 디킨스 하우스는 그가 살던 때와 마찬가지로 많은 가구들이 있고, 그가 글을 썼던 집의 뒤쪽 방에는 디킨스의 초판들을 다 갖추어 놓았다. 방마다 벽에는 편지, 드로잉, 만화, 배역 명단에 그의 이름이 들어간 극장 프로그램 등 디킨스의 기록물 상자들이 빼곡하게 들어찼다. (디킨스가 그렇게나 열광적인 아마추어 배우인 줄 모르고 있었다.) 이 집을 들르는 관광객은 대부분 "영국인"인데 모두가 드로잉과 만화에 묘사된 인물 하나하나, 사건 하나하나를 잘 알고 있었다. 참으로 믿기 어려운 일이다.

나는 샬럿 스트리트에 있는 커리 식당인 탄자(Tanjar's)에서 점심을 먹고 엘런 테리의 유골이 안치된 곳을 보러 코번트 가든에 갔다. 그 교회는 세인트 폴 코번트 가든이라고 불리지만 코번트 가든 마켓에 가 보면 그 어떤 교회도 보이지 않는다. 지도를 자세히 쳐다보며 이리저리 돌아다니다 코번

---

4   Bob Cratchit: 디킨스의 〈크리스마스 캐럴〉의 등장인물.

트 가든 마켓에 닿았다. 갈색 턱수염을 기른 젊은 남자가 바람결처럼 경쾌하게 나를 지나쳐 가다가 휙 돌더니 다가와 물었다.

"길을 잃었나요, 라브?"[5]

나는 그에게 배우들이 묻힌 교회를 찾고 있다고 말했다. 그는 "여배우세요?"라고 물었다.

배우는 아니지만 젊은 시절 좌절한 극작가였고 버나드 쇼와 엘런 테리 사이에 오간 서신을 좋아하며 엘런의 재를 보고 싶다고 말했다.

"마음이 따뜻한 분이군요." 그가 말했다. "이 직업에 종사하는 사람들 말고는 아무도 우리 교회를 찾아오지 않아요."

그는 배우다. 실직했다. 그는 마켓을 끼고 원을 그리며 쭉 가다 보면 골목길을 만나게 되는데 거기를 가로질러 모퉁이를 돌면 그 교회가 보일 것이라고 말했다.

나는 그에게 고맙다고 인사하고 행운을 빌었다. 그는 "당신에게도 행운이 있기를, 라브!"라고 말하고는 거침없는 발걸음으로 가던 길을 갔다. 나는 그의 뒷모습에 눈길을 보내며 그의 이름을 물어보려고도 하지 않은 내 자신이 너무 싫었다. 사람들이 이름조차 남기지 않고 다른 사람의 인생에

---

5 Luv: 친밀한 호칭으로 격식을 차리지 않는 경우에 love 대신 사용함.

불쑥 들어왔다가 10초 만에 나가 버리게 해서는 안 된다. 디킨스 선생님이 언젠가 지적했듯이 우리는 모두 함께 무덤을 향해 가는 존재들이다.

나는 시장 앞 포장도로에 떨어져 있는 썩은 과일들과 채소들을 밟지 않게 조심하며 모퉁이까지 걸어가 골목에 다다랐다. 청과물 트럭 주차장으로 이용하는 공터에 쓰레기들이 널려 있었다. 그 골목을 가로질러 모퉁이를 돌자 거기에 교회가 있었다. 초목이 우거진 교회 묘지와 정원이 딸린 작은 교회.

교회에는 아무도 없었다. 그것에 나는 감사했다. 나는 감성적이다. 감성적인 사람은 갑자기 무엇에 감동해 눈물을 쏟을지 모른다. 나는 엘런의 재가 나를 그렇게 만들지 않을까 생각했다.

테이블 위에는 등사한 종이 한 더미가 있었다. 표지판 하나가 방문객에게 종이 한 장을 들고 앉아 읽으면 "당신이 있는 곳에 대한 것"을 알 것이라고 안내한다. 그 교회는 1630년대에 이니고 존스[6]가 지었다. 윌리엄 S. 길버트[7]는 이곳에서 세례를 받았고 위철리[8]는 이곳에 묻혀 있고 데이

---

6 Inigo Jones, 1573-1652: 17세기 영국건축의 기초를 확립한 건축가.
7 William S. Gilbert, 1836-1911: 영국의 극작가, 시인, 삽화가.
8 William Wycherley, 1640-1716: 영국의 극작가, 시인.

비 개릭[9]은 이곳에서 예배를 드렸다. 그리고 엔리 이긴스[10] 교수가 빗속에 이 교회 현관 앞 처마지붕 아래서 플라스[11]를 파는 일라이자 두리틀[12]을 처음 보았다.

나는 오른쪽 벽을 따라가며 오래전에 죽은 배우들과 작가들을 추모하는 명판을 읽었다. 벽이 거의 끝나는 곳의 제단 가까이에 격자 장식 쇠창살로 된 벽감 내부에 든, 자연스러운 광택이 나도록 닦은 은제 단지 안에 엘런 테리의 재가 있었다. 재가 담긴 단지를 보면서 나도 모르게 미소를 짓고 있는 나 자신에 깜짝 놀랐다. 어둠 속에서도 생기 있게 빛나는 광경이었다.

교회 신도석 중앙통로를 가로질러 왼쪽 벽을 따라 되돌아오며 현관문까지 이어지는 더 많은 명판들을 술술 읽어나갔다. 마악 현관문을 나서려는 순간, 가장 최근의 명판과 맞닥뜨렸다.

비비언 리 1967년 사망

---

9   Davy Garrick, 1717-1779: 영국의 배우, 극작가. 채링 크로스 로드에는 그의 이름을 따서 지은 개릭 극장이 있다.
10 Enry Iggins: 헨리 히긴스(Henry Higgins)의 방언.
11 flaaars: flowers의 방언.
12 Eliza Dolittle: 일라이자 둘리틀(Eliza Doolittle)의 방언.

갑자기 왈칵 눈물이 쏟아졌다.

러셀 스퀘어

국립 초상화 갤러리

올드 와인 셰이드

조지 & 벌처

롬바드 스트리트

햇필드 하우스

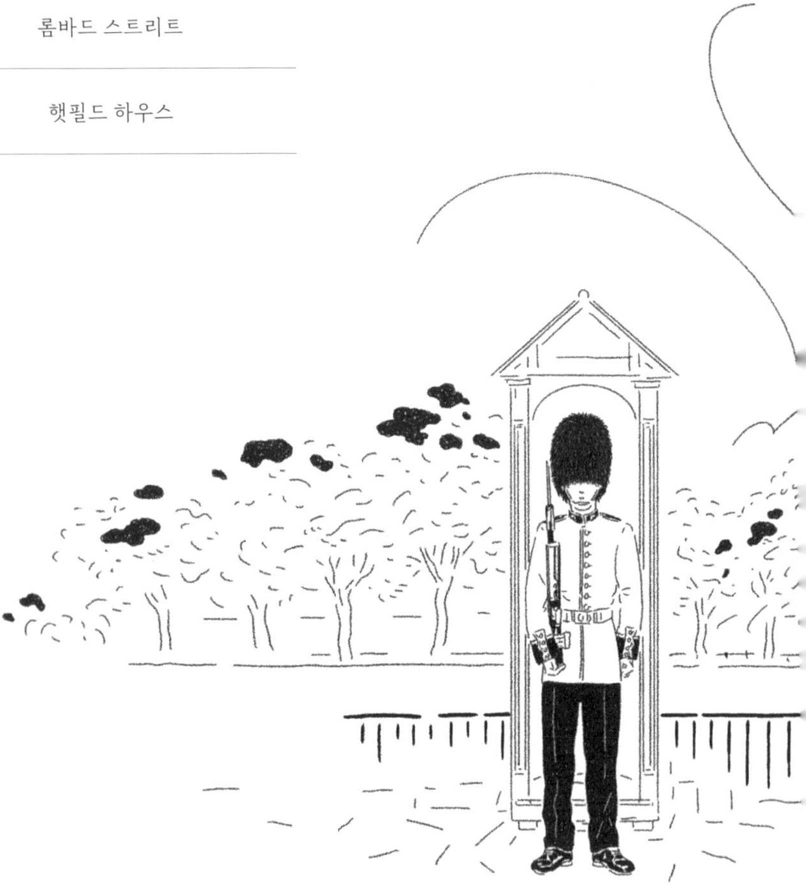

7.18~ 7.26

모델을 섰다.

엘레나가 덜걱거리는 스테이션 왜건에 나를 태우고 가러셀 스퀘어 입구에 주차했다. 그 스테이션 왜건은 문을 한쪽으로 밀어 여닫는 것이었다. 나는 평소처럼 문을 밖으로 향해 열려고 아등바등했고, 그 바람에 차의 문짝과 나의 두 팔이 거의 부러질 뻔했다. 엘레나는 기겁을 하며 말했다. "당신도 레오하고 똑같군요!" 그 사람 역시 기계를 다루는 일에는 젬병인 모양이다.

내가 먼저 차에서 내렸다. 키가 152센티미터인 엘레나가 내 뒤를 따라서 180센티미터 길이의 이젤과 120센티미터 규격의 물감 상자, 팔레트, 잡지 몇 권, 휴대용 TV만 한 라디오를 끌고 끙끙거리며 내렸다. 나는 도와주면 안 되는 거였다. 모델은 하녀처럼 이런저런 일을 해 주는 것이 허용되지 않는다.

우리는 휴대용 의자를 설치했다. 내가 앉을 안락의자와 그녀가 앉을 등받이가 곧은 의자였다. 모델이 포즈를 취할 때 가만히 앉아서 한 자세를 유지할 필요가 없다는 걸 알고 놀라는 한편, 안심도 되었다. 엘레나는 내가 그녀를 계속 마주보고 있기만 한다면 뒤로 눕거나 일어나 앉거나 기지개를 켜거나 움직이거나 담배를 피우는 등 움직여도 좋다고 말했다. 그러고 나서 그녀는 라디오를 켜는 방법에 대해 아주 자세하게 설명했다. 알고 보니 엘레나는 내가 지루해하지 않게 하려고 라디오와 잡지를 가져온 것이었다. 풉! 웃음이 나왔다.

내가 엘레나에게 말했다. "난 러셀 스퀘어에 있을 때는 하나도 지루하지 않아요. 그리고 당신에게 지루함을 느끼지도 않을 거고요. 당신이 그림을 그리는 동안 나랑 대화를 나누면 안 되는 건가요?"

"아, 나도 그러고 싶어요." 엘레나가 대답했다. "지금까지 내 모델들은 아무도 내게 말을 걸지 않더군요. 몇 시간이건 입을 다물고 앉아 있기만 해요."

내가 말했다. "나하고 있을 때는 그런 문제는 걱정 안 해도 될 거예요."

나와 일면식이 있는 공원 관리인이 다가와 엘레나의 뒤에 서서 그녀의 그림을 구경했다. 영국인 여성 두 명과 인도

학생 한 명, 지팡이를 든 중년의 자메이카인 한 명도 구경하러 왔다.

"그녀의 솜씨가 어떤가요?" 인사치례로 말이나 걸어 볼 심산으로 구경꾼들에게 질문을 던졌다. 하지만 모르는 사람이 말을 걸자 그들은 당황한 듯 "아주 좋아요." "아주 멋져요."라고 중얼거리고는 사라졌다. 엘레나가 내게 고마워하면서, 구경꾼들 때문에 불편했다고 말했다. 그때부터 나의 역할은 뉴욕 사람들이 '작업 구경꾼(Sidewalk Superintendent)'이라고 부르는 사람들을 휘이휘이 쫓아 버리는 것이 되었다. 런던에서는 모르는 사람들에게 말을 걸면 쫓아 버릴 수 있다. 뉴욕에서는 말을 걸면 그들의 인생사를 들어 줘야 된다.

초상화 작가가 작업하는 모습을 지켜보는 일은 대단히 흥미롭다. 엘레나는 자리에 앉아 빨간색과 흰색의 깅엄 체크 드레스를 펄럭이며 그림을 그리는 틈틈이 아주 편안해 보이는 얼굴로 이야기하고 웃고 질문을 했다. 그림을 그리는 내내 그녀의 두 눈은 믿을 수 없이 재빠른 속도로 내 얼굴과 이젤 사이를 번갈아 오갔다. 눈을 들어 내 얼굴을 보고, 눈을 내리뜨고 캔버스에 그린 다음, 다시 눈을 들어 내 얼굴을 보고 눈을 내리뜨고 캔버스를 차례대로 쏘아보며 그림을 그렸다. 위-아래 위-아래 위-아래를 쳐다보는 움직임이 메트

로놈처럼 빠르고 예리하고 규칙적이었다. 몇 시간씩 그녀는 이야기하고 웃고 칠하고 그러면서도 빠른 속도로 위와 아래를 쏘아보는 눈은 잠시도 쉬지 않았다. 나도 20초 정도 직접 해 봤는데 눈의 근육이 아팠다.

엘레나는 한 시까지 그림을 그리고 나서 나를 태우고 점심을 먹으러 켄징턴으로 갔다. 운전하는 도중에는 이야기를 나누려고 애쓰지 않았다. 스테이션 왜건의 텅텅거리는 소리가 뉴욕의 지하철만큼이나 귀를 먹먹하게 했기 때문이다. 영국의 차들은 다행스럽게도 도로에서 사람 옆을 지날 때는 조용하지만 안에 타면 무척 시끄럽다. 미국 자동차들은 정반대다.

엘레나가 나를 데리고 점심을 먹으러 간 곳은 그녀와 레오의 집 근처에 있는 판저스 파스타 & 피자라는 자그마한 이탈리아 식당이었다. 그곳은 그들 부부가 제일 좋아하는 동네의 단골집이다. 나는 런던에서 마셔 본 것 가운데 최고의 마티니를 맛보고, 천국에서나 대접받을 수 있을 것 같은 마늘 버터 닭구이를 먹었다.

엘레나는 내가 런던의 미술관 어디도 가 본 적이 없다는 소리를 듣고는 충격을 받아 점심을 먹은 다음에 나를 잡아끌고 국립 초상화 갤러리에 갔다. 이미 잘 알고 있었다고 생각했던 인물들의 얼굴(초상화)을 직접 보게 되니 갑자기 머릿속이 하얘지는 것 같았다. 찰스 2세는 그가 실제로 그랬던 것처럼 나이 든 호색한의 모습이었고, 스코틀랜드의 메리 여왕은 당시의 빗자루를 타고 있는 마녀를 꼭 닮았으며, 엘리자베스 1세 여왕은 아주 멋져 보인다. 화가는 모든 것을 잡아냈다. 초롱초롱하고 윤곽이 뚜렷한 눈매며 오뚝한 코, 맑은 피부와 섬세한 손, 화려함 뒤에 숨은 외로움. 메리와 엘리자베스를 그린 초상화들은 언제 봐도 생생하게 살아 있는 것처럼 보이는데, 그 초상화들과 같은 시대, 같은 화풍으로 그린 셰익스피어의 초상화들은 왜 틀에 박힌 듯하고 현실과 동떨어져 보이는지 그 이유를 좀 알았으면 좋겠다.

　　내가 모든 얼굴 하나하나를 너무 오랫동안 바라보는 바람에 우리는 16세기와 17세기까지밖에 진도를 나가지 못했다. 우리는 다음 주에 18세기와 19세기를 보러 다시 가려고 한다. 이제부터는 모든 얼굴을 다 보러 갈 것을 굳게 다짐하는 바이다.

　　대령이 전화했다. 그가 수요일에 나를 태우고 교외에 가서 저녁을 먹기로 했다.

11시에 러틀랜드 게이트에 도착했다. 그건 거짓말이다. 나는 "정각에" 도착하지 못할까 걱정해서 늘 택시를 타며, 언제나 20분 전에 도착해서 PB의 집 초인종을 누를 맞춤한 순간이 올 때까지 근처를 돌아다닌다. 나는 그렇게 하는 것이 좋다. 흥미로운 동네니까.

PB는 셰리앳일레븐[1]을 마시러 나를 데리고 캐넌 스트리트(Cannon Street)의 마틴 레인(Martin Lane)에 있는 올드 와인 셰이드(Old Wine Shades)에 갔다. 그곳은 1666년 런던 대화재 때 살아남은 런던의 유일한 펍이다. 1663년 이전에 지어졌으며 그 이후에도 달라지지 않은 것 같다. 카운터 위에는 고대의 술통들이 놓여 있고 목재로 된 테이블과 긴 의

---

1 sherry-at-eleven: 상표에 일레븐이라고 적힌 세리주는 식욕 증진을 위해 가볍게 식전에 마시는 술이다.

자들에는 세월의 흔적이 묻어 있다. 메뉴들 이름마저 고풍스럽게 들려서, 샘 피프스[2]가 송아지고기와 설탕절임 파이를 주문하는 장면도 상상 가능하다.

그는 나를 잉글랜드은행(Bank of England)에 데리고 갔다. 그곳의 경비원과 직원들은 붉은색 조끼에 무릎까지 오는 반바지 정장 차림이고, 굿모닝 인사를 하면서 머리를 숙인다. (그런 차이를 빼고 나면, 그저 또 다른 서민적인 코브라에 불과할 뿐이다.)

우리는 조지 & 벌처[3]에서 점심 식사를 했다. 메뉴판에는 〈픽윅 클럽 여행기The Pickwick Papers〉 내용을 인용한 글이 적혀 있다. "미스터 픽윅이 생전 처음으로 런던에 온 사람들 45명 안팎을 초대해 함께 식사했다." 그 식당은 픽윅클럽의 본거지다. 디킨스 작품의 만화들이 벽에 붙어 있고, 만화에 그려진 건 거대한 돌 벽난로의 활활 타는 불 위에 올려진 스테이크와 갈비들.

조지 & 벌처에서 나와 모퉁이를 돌면 "세인트 마이클 콘

---

2 새뮤얼 피프스(Samuel Pepys, 1633-1703): 17세기 영국의 저술가, 해군 행정관
   이자 상원의원. 1660년 1월 1일부터 1669년 5월 31일까지 작성한 〈일기Diary
   of Sam Pepys〉(전 9권)는 왕정복고 때의 궁정의 분위기 및 당시 풍속을 연구하
   는 데 좋은 자료가 되고 있다.

3 George & Vulture: 17세기에 문을 연 식당. 찰스 디킨스의 소설에 등장함.

힐(St. Michael Cornhil) 교회와 세인트 피터 르 포에르(St. Peter Le Poer) 교회, 세인트 베네 핑크(St. Benet Fink) 교회"가 나온다. 내가 가장 좋아하는 성인들 목록 중 두 명의 뉴올리언스 성인 바로 아래에 세인트 베네 핑크를 올려 둘 생각이다.

미국이 프랑스의 식민지였던 루이지애나를 사들였던 1801년경, 미국 회사들은 가톨릭 성물(聖物) 사업에 뛰어들어 교회 조각상들을 나무상자에 넣어 뉴올리언스에 보내기 시작했다. 나무상자에는 취급주의(FRAGILE)와 급송(EXPEDITE)이란 라벨이 붙어 있었다. 프랑스인들이 살던 뉴올리언스에는 영어를 읽을 수 있는 사람들이 없어서 그 두 단어의 의미를 알지 못했다. 그들은 두 단어가 나무 상자 안에 든 새로운 두 성인의 이름이 틀림없을 것이라는 결론을 내렸다. 그래서 누구나 알듯 이후 뉴올리언스에서 가장 유명한 성인들은 세인트 프래절(FRAGILE)과 세인트 엑스퍼다이트(EXPEDITE)[4]가 되었다.

세인트 프래절은 얼마 뒤에 설 자리를 잃었지만, 최근 내

---

4 세인트 엑스퍼다이트(St. Expedite): 세인트 엑스페디투스(St. Expeditus) 또는 엑스페디토라고도 한다. 303년 4월경 기독교로 개종했다는 이유로 순교한 로마 백부장(100인 대장)인데 가톨릭에서는 긴박한 상황에 처할 때 그에게 기도한다고 한다. 가톨릭 기념일은 4월 19일.

가 들은 바로는 어느 날이건 뉴올리언스 신문을 집어 들면 인물 동정란에서 여전히 이런 기사를 읽을 수 있다고 한다.

보내주신 후의에
세인트 엑스퍼다이트께 감사드립니다.

조각상을 보니 그는 고대 로마인인 것 같다. 토가를 입고 있다. 세인트 베네 핑크에 대해 많이 알았으면 좋겠는데, PB도 그가 누군지 모르고 있었다.

우리는 롬바드 스트리트(Lombard Street)를 걸었다. PB의 말에 의하면 런던의 은행업은 1400년대 이탈리아 롬바르디아에서 온 유대인들이 토대를 쌓았다고 한다. 대부업자들은 각자 자기 점포를 표시하기 위해 문장을 내걸었다. 그 뒤로 롬바드 스트리트의 모든 은행들이 황동판 위에 엠블럼을 새겨서 내걸었다. 그 문장들은 지금도 미풍에 흔들리고 있다. 스코틀랜드 은행의 문장은 바이올린 켜는 고양이고 다른 한 은행은 메뚜기 한 마리를 문장으로 삼고 세 번째 은행은 뒷발로 일어선 말을 내걸고 있다. PB는 수백 년이나 된 그 문장들이 어디서 유래했는지, 그 본래의 의미가 무엇인지 몰랐다. (그러다 미국인들이 나타나서 롬바드 스트리트에 은행을 연다. 그리고 바이올린을 켜는 고양이와 메뚜기

며 뒷발로 일어선 말들을 죄다 보고는 "잘 들어, 우리도 뭔가 내걸어야 해!"라고 말하고는 즉각 미국 독수리 한 마리를 내건다. 우리는 국가적 상상력이 없다.)

　PB는 토요일에 진과 테드, 나를 태우고 교외의 멋진 대저택에 갈 것이다. 그는 나를 어떤 보석 가게로 끌고 들어가서 나를 위해 옷깃에 다는 장식 핀을 하나 주문하게 허락해 달라고 해서 날 어쩔 줄 모르게 했다. 런던시(City of London)의 빨강과 하양 문장으로 장식한 금 핀이었다.

　토요일에 마지막으로 그를 볼 것이다. 그때쯤이면 핀도 완성될 것이다.

나는 엘레나보다 먼저 러셀 스퀘어에 도착했다. 나와 안면을 튼 공원 관리인이 나를 도와 의자를 설치해 놓고는 뒷짐을 지고 무슨 음모라도 꾸미듯 몸을 숙이고 물었다.

"사람들이 알아 둬야 할 중요한 인물인가 보죠?"

우리는 잘 알려진 사람들이 아니라고 못을 박았다. 그러자 그는 언짢다는 듯 고개를 저었다.

"화가들이 아무에게나 초상화를 그려 주지는 않을 텐데요."라고 말했다.

나는 작가지만 유명하지도 않고 중요한 인물도 아니라고 그에게 말했다. 그는 조그마한 주소록을 꺼내더니 나와 엘레나의 이름을 꼼꼼히 적었다. 바로 그때 엘레나가 이젤과 물감 상자, 팔레트, 그리고 엄청나게 큰 라디오를 들고 새 목욕터를 돌아 비틀거리며 걸어오고 있었다. 그녀는 필요할 경우에 대비하여 여전히 힘들게 라디오를 끌고 다닌다. 나는 라디오에 권태를 느낀다. 내가 그걸로 할 수 있는 일이라곤 BBC의 음악 취향에 대해 막말을 퍼붓는 것뿐이다. 클래식 음악방송은 하나밖에 없고 누가 진행하든 실내악 마니아들뿐이어서 그들이 내보내는 음악은 몽땅 그게 그거다.

엘레나는 내가 초상화 그리기에 대한 자신의 사고방식을 완전히 바꾸어 놓았다고 말했다.

"예전 같았으면 모델이 누구든 실외에서는 절대로 그리지 않았어요." 그녀가 말했다. "분위기와 느낌이 전혀 다르네요. 앞으로는 모델에게 실외가 어울리는지, 실내가 어울리는지부터 결정해야 할까 봐요. 당신 말이 전적으로 옳았어요. 당신은 실외형 모델이에요."

"내가 실외에 어울리는 모델이라서 우리가 지금 밖에 있는 게 아니에요. 내가 이기적인 모델이라서 지금 밖에 있는 거죠." 내가 말했다.

내 생각에 엘레나는 온종일 그림만 그리라고 해도 좋아할 것 같다. 하지만 그녀는 내가 아무리 뭐라고 해도 한 시에 끝내겠다고 고집을 부린다. 내가 관광할 시간이 너무 부족하기 때문이란다.

짐을 꾸려 스테이션 왜건 쪽으로 걸어가며 그녀는 생각에 잠긴 듯 러셀 스퀘어를 둘러보고는 말했다.

"이 장소에 대해서도 당신 말이 맞았어요. 특유의 분위기가 있네요."

그 말을 듣고 나는 깜짝 놀랐다. 나는 그런 말을 한 적이 없었다. 그녀가 그 말을 해 주기 전까지는 내가 그런 걸 알고나 있었는지조차 잘 모르겠다.

우리는 판저스에서 점심을 먹은 다음 국립 초상화 갤러리에 다시 갔다. 나는 제인 오스틴과 리 헌트, 윌리 해즐릿을 보았다. 브론테 세 자매의 얼굴들과 그 가운데에 브란웰의 얼굴이 있던 자리에 회색 물감을 덧칠해 버려 섬뜩하게 보이는 브론테 자매의 초상화도 구경했다.

이야기인즉슨 브란웰은 자신과 누이들을 그리고 나서 자기혐오증이 발작해 자신의 모습을 지웠다. 그렇게 되니 당연히 사람들은 자매들의 얼굴에 집중할 수가 없다. 그 초상화는 중간에 있는 그 회색 덧칠에 지배당하고 있다. 브란웰이 그렇게 되리라는 걸 알고 그랬는지 보는 사람들은 궁금하지 않을 수 없다.

대령이 또 기특한 일을 했다. 우리가 함께 스트랫퍼드로 가는 길에 스토크 포지스를 지날 때 그레이의 시 〈애가〉를 나의 어머니가 가장 좋아했다는 이유로 샛길로 빠져 그레이의 시골 교회 묘지를 보고 싶어 했던 것을 나는 잊고 있었다. 대령은 잊지 않았다. 운전에 두 시간이나 걸리는데도 나를 태우고 스토크 포지스로 가서 저녁을 먹었다.

우리가 그곳에 도착했을 때 막 해가 저물었다. 주위에는 한 사람도 없었다. 우리가 교회 묘지에 들어서자 하루의 끝을 알리는 종소리가 뎅그랑뎅그랑 울렸다.

그레이의 어머니는 그곳에 묻혀 있다. 그는 어머니의 기념비에 다음과 같은 비문을 썼다.

그녀에게는 많은 아이들이 있었으나 안타깝게도 그중 오직 한 아이만이 그녀보다 오래 살았노라.

700년이나 된 그 교회는 참으로 단순하고 소박하다. 제단의 단지들에는 싱싱한 야생화들이 꽂혀 있다. 가운데 통로를 따라 걷다 보면 돌바닥 아래 수세기 전에 묻힌 교구 신자들의 옛날 무덤을 밟고 지나가게 된다. 돌에 새겨진 그들의 이름은 이제 지워졌다.

나를 혼자 교회에 앉아 있게 해 주려고 대령은 교회 묘지를 거닐러 나갔다. 나의 어머니가 내가 있는 곳이 어디인지 알 수 있다면 얼마나 좋을까. 나는 새로이 찾아낸 높은 나뭇가지에 올라가 "엄마, 나 여기 있어!"라고 소리치는 아이가 된 느낌이었다.

스토크 포지스 근처에는 대령의 홀로된 처제가 살고 있다. 그녀는 런던에서 교사로 일하는데 출퇴근에 하루 네 시간이 걸린다. 미국에서도 그렇지만 여기서도 저렇게 사람들이 정신없이 산다. 우리는 그녀를 데리고 함께 저녁 식사를 하려고 그녀의 집을 향해 차를 몰았다. 그녀는 코네티컷의 어딘가에 있을 법한 교외의 아름다운 전원에 살고 있다. 노라의 집이 있는 교외는 마치 퀸즈의 어딘가에 가면 있을 것 같다. 고속도로들이 서로 엇비슷해 보이는 것처럼 모든 교외가 비슷하고 특색이 없다는 사실이 놀라울 따름이다. 아마도 그래서 내가 도시를 좋아하는가 보다. 런던에는 뉴욕으로 착각할 만하게 잇달아 늘어선 집들이 하나도 없다. 잠시라도 런던을 떠올리게 할 만한 공원지역이 맨해튼에는 한 곳도 없다.

우리는 졸리 파머(The Jolly Farmer)라는 아름다운 펍에서 저녁을 먹었다. '펍(Pub)'은 고무줄 같은 용어다. 그것은 코너 바(corner bar), 바-앤드-그릴(bar-and-grill), 칵테일 라운지(cocktail lounge), 고급 레스토랑 등을 의미할 수 있기 때문이다. 더 졸리 파머는 전형적인 코네티컷 교외의 식당을 닮았다. 훌륭하고 비싸고 무지막지하게 매력 있는 곳. 나는 새우 커리를 먹었다. 그리고 지배인에게 내가 만든 커리보다 더 맛있다고 말하자 그는 뉴욕으로 가져가라고 자신이 직접 만든 커리 소스를 통에 담아 주었다.

커피를 마시면서 대령의 처제가 내게 물었다. "있잖아요, 미국 사람은 왜 모두들 그레이의 〈애가〉를 그렇게 좋아하는 거죠?"

솔직히 말하자면 미국인들이 그렇다는 건 전혀 몰랐다. 나의 어머니를 제외하고는 미국인이 그 이야기를 하는 건 한번도 듣지 못했다. 하지만 스토크 포지스에서 대령의 처제가 만나는 미국인 관광객들은 내가 맨해튼에서 만나는 사람들보다 훨씬 광범위한 지역에서 온 사람들이다. 그리고 그 관광객들은 모두 그레이의 〈애가〉 때문에 그곳을 방문했을 것이다. 그래서 나는 그녀의 말을 그대로 받아들이기로 했다. 그리고 "잘 모르겠네요."라고 말할 배짱이 없어서 그냥 생각나는 대로 뭉뚱그려서 설명을 해 주었다.

"우리는 이민자들의 나라예요. 우리의 선조들은 모두 유럽과 아프리카의 가난하고 천대받던 대중들이었죠. 우리는 학교에서 영국의 시를 배웠고 우리가 읽은 시들은 전부 귀족의 세계를 찬양하는 거였어요. 왕과 여왕들, 시드니의 누이이자 펨브로크의 어머니,[1] 옥스퍼드의 첨탑과 이튼의 운동장들을 말이죠. 그레이만 예외적인 경우였어요. 그레이는 말 못하고 빛나지 않는 무지렁이들을 찬양했거든요. 그리고 미국인들은 하나같이 말 못하고 빛나지 않는 무지렁이들의 후손이기 때문에 그레이의 시가 우리들의 심금을 울리는 거라고 생각해요."

내가 설명한 것이 맞았으면 좋겠다. 그녀와 대령은 내 말을 믿었으니까. 나 자신도 정말 그렇게 믿었다. 열변을 토하고 나서 흥분이 식지 않은 채로 차를 타고 돌아오면서, 그레이에 대한 미국인들의 애정을 설명할 때 내가 디킨스에 대한 영국인들의 열정을 설명할 수 있는 실마리도 우연히 찾

---

1 시드니 경의 누이인 펨브로크 백작부인 메리 시드니 허버트. 셰익스피어 작품의 실제 저자라는 주장이 있다. 셰익스피어의 첫 번째 희곡이 펨브로크와 몽고메리 백작에게 바쳐진 것이 그 주장의 근거인데, 이들은 메리 시드니의 아들이다.

아낸 것이 아닐까 하는 생각이 들었다. 영국인들은 셰익스피어를 더 존경할지라도, 그들이 사랑하는 작가는 디킨스다. 왕도 아니고 농민도 아닌 보통의 영국인들은 셰익스피어 극의 왕족과 농민들보다는 디킨스의 작품에 나오는 하층민 및 중산층 계급에서 신분 상승을 꿈꾸는 유형들에게 좀 더 일체감을 느끼지 않았을까. PB조차도 디킨스에 대한 국민적 열광에 동조한다. 그는 증조부 대의 한 분이 생선 장수였으며, 그가 이튼에 다닐 때 그의 어머니가 오스트레일리아에서 태어난 '식민지인'이라는 이유로 다른 급우들로부터 놀림을 받았다고 나에게 말했다.

대령은 일요일 밤에 나를 위해 송별연을 열 작정이다. 월요일에 내가 떠날 때에는 그가 공항에 있을 것이다.

런던의 날씨가 어떤지 익히 잘 알면서도 억지로 실외에서
나를 그리게 해서 엘레나에게 무척 미안하다는 생각이 든
다. 오늘 아침에도 비 때문에 두 번이나 작업을 중단했다. 비
때문에 일정을 취소했던 어제는 엘레나가 나를 태우고 런던
타워에 갔지만, 입장을 기다리는 줄이 너무 길었다. 나는 오
랫동안 움직이지 않고 줄에 서 있는 걸 못 참는다. 오늘 우리
는 다시 런던타워에 도전하기로 했다. 가는 도중에 갑자기
날씨가 개었다. 나는 엘레나에게 차를 돌려 러셀 스퀘어로
가게 했다. 우리는 일요일에 타워를 구경하러 갈 거다. 내가
보게 될 런던의 마지막 관광지로 런던타워를 남겨둬서 좋
다. 낮을 익히게 된 공원 관리인은 이제 우리의 작업에 완전
히 꽂힌 것 같았다.

그가 엘레나에게 진지하게 말했다.

"그 초상화가 언젠가는 50만 파운드는 나가게 될 것입니

다." 만약 그렇게 된다면 그 돈의 절반은 내가 갖겠다고 엘레나에게 말했다.

여섯 시에 레오가 차를 몰고 러셀 스퀘어에 있는 우리를 찾아왔다. 엘레나가 분해서 이를 빠드득 가는 모습이 내 눈에 잡혔다. 그녀는 빛이 존재하는 한 계속 그림을 그리고 싶어 했으니까. 엘레나가 레오에게 우리는 러셀 스퀘어에 있을 것이며, 저녁 식사를 위해 우리를 데리러 와야 한다고 말은 해 두었지만, 그녀는 레오가 일곱 시까지는 우리를 찾지 못할 것으로 예상하고 있었다. 나처럼 레오도 길치였기 때문이다. 그런데 그는 전혀 헤매지 않고 러셀 스퀘어를 찾아냈고, 그 바람에 엘레나가 분통이 터진 거였다. 그리고 우리의 친절한 레오, 엘레나를 열렬히 숭배하는 레오는 눈치도 없이 미련퉁이처럼 불난 집에 부채질을 했다. 뒷짐을 지고 엘레나의 뒤편에 서더니 깊고 그윽한 눈길로 초상화를 내려다보면서 (엘레나는 구경꾼이라면 질색을 하는데, 상대가 레오일지라도 예외는 없다.) 나더러 들으라는 듯 큰 소리로 진지하게 말했다. "아름다워지고 있어요." 그길로 오늘의 작업은 끝이 났다. 우리는 판저스로 차를 몰았다. 엘레나와 나는 스테이션 왜건에 타고 레오는 자신의 차로 우리를 뒤따랐다. 그는 송별 만찬이니만큼 어딘가 으리으리한 곳으로 나를 데려가려 했지만 나는 그에게 판저스가 더 나을 것 같다고 말했다.

우리가 술을 다 마시고 처칠이 말년에 세상을 떠날 때까지 살았던 집이자 레오 부부의 친구네가 구입한 차트웰 하우스(Chartwell House)에 나를 데려갈 수 있는 날짜를 고르고 있을 때 나를 부르는 소리가 들렸다.

"헬로, 헬레인."

눈을 들어 쳐다보니 지난 몇 해 동안 얼굴만 알고 지내던 여자가 우리를 향해 걸어오고 있었다. 뉴욕에서 번창하는 가게를 운영하고 있으며 유행의 첨단을 걷는 여자였다. 그녀는 나와 마주칠 때면 언제나 완벽하게 상냥하고 예의 바르지만, 스쳐 지나가면서 '헬로' 한 마디를 겨우 건네는 존재 이상으로 나를 취급한 적이 없었다.

나는 "에구, 맙소사, 도로시네."라고 중얼거리며 그녀를 레오와 엘레나에게 소개했다. 레오는 도로시에게 우리와 합석해 저녁을 먹자고 권했고 그녀는 이에 응했다. 그녀는 급히 구매할 품목이 있어 여기 왔으며 이제 막 도착했다고 설명했다. 세상에서 제일 매너 좋은 남자인 레오는 그녀를 위해 저녁을 주문해 주고, 그녀와 대화를 나누었다. 그 덕에 엘레나와 나는 차트웰 건에 집중할 수 있었다.

문제는 내가 월요일에 떠날 예정인데, 그들과 함께 거기에 갈 수 있는 빈 날이 없다는 거였다.

내가 엘레나에게 말했다. "내일은 실라 도엘이 나를 햇필드 하우스(Hatfield House)에 태워다 주기로 했어요. 전부터 내가 보고 싶어 한 유일한 궁전이거든요. 그러고 나서 우리는 노라와 함께 마지막 저녁을 먹으러 하이게이트로 다시 차를 타고 가기로 했어요. 토요일은 펫 버클리와 보내는 마지막 날이고요. 그는 나를 교외의 어딘가로 데리고 갈 거예요."

"크리스토퍼 만 부부에게 당신을 소개해 주고 싶어요." 레오가 말했다. "만약 그들이 우리 부부를 일요일에 초대하면 그때 우리와 동행할 수 있어요?" 그리고 그는 도로시에게 크리스토퍼 만과 그의 부인 아일린 조이스가 차트웰 하우스를 샀다는 것을 설명해 줬다.

"일요일은 우리가 초상화 작업을 할 수 있는 유일한 날인데." 내가 말했다. "내 생각엔 엘레나가 그날을 기대하고 있을 거 같네요."

"더 작업을 해야 한다고?" 레오가 묻자 엘레나가 고개를 끄덕였다. 그리고 레오는 초상화에 대해서 도로시에게 설명했다.

"당신이 무엇 때문에 월요일에 귀국해야 하는지 모르겠어요." 엘레나가 한숨을 쉬며 말했다. 나도 한숨을 내쉬었다. 레오도 한숨을 쉬었다. 그리고 도로시를 향해 고개를 돌리더니 헬레인을 안 지 얼마나 되느냐고 물었다. 그녀가 애매하게 말했다. "잘 모르겠네요. 8년인가 10년인가."

레오가 생기 넘치는 영국식 바리톤 목소리로 말했다. "설명 좀 해 주세요. 우린 헬레인을 알게 된 지 고작 몇 주밖에 안 됐는데 왜 이렇게 헤어지는 게 힘들까요?"

내가 도로시를 쳐다보며 뭔가 우스갯소리라도 건넬 생각이었지만 차마 그러지 못했다. 그녀는 문자 그대로 벌린 입을 다물지 못하고 멍하니 레오를 바라보고 있었다. 그녀가 뭔가를 웅얼거리다가 얼굴을 돌려 나를 뚫어져라 보았다. 아직도 입을 다물지 못한 채, 여전히 정말로 못 믿겠다는 표정이었다. 도로시를 보면서 5주 동안 공작부인이었을 때 나의 내부에서 일어났던 반응이 그녀의 얼굴에 고스란히 비치는 것을 보았다.

우리는 판저스를 나왔다. 도로시는 레오에게 저녁을 대접받아 고맙다고 인사하고, 호텔까지 태워다 주겠다는 제안은 거절했다. 호텔이 바로 그 거리에 있다고 말했다. 그러고 나서 그녀는 나를 돌아보고는 뻔히 드러난 당황한 표정을 감추려 애쓰며 가볍게 장난투로 말했다.

"나를 당신의 바쁜 일정에 끼워 달라고 부탁해도 아무 소용이 없겠지?"

나는 이렇게 말하고 싶었다.

"신경 쓰지 마, 도로시. 다음 주면 무도회가 끝나고 신데

렐라는 낡은 청바지와 싸구려 티셔츠를 입고 냄비와 팬과 타자기가 있는 곳으로 돌아갈 거야. 평소와 똑같이."

난 해맑은 미소를 지으며 단지 뉴욕에서 보자는 말만 했다.

실라에게 신의 축복이 있기를. 햇필드 하우스는 신의 한 수였다. 그것은 가장 오래된 궁전도 아니고 가장 아름다운 궁전도 아니다. 그저 엘리자베스 1세가 살았던 건물일 뿐이다. 그녀는 어린 시절의 대부분을 거기서 보냈다. 그녀가 살던 궁전에 덧대 지은 부속 건물이 여전한 모습으로 굳건하게 서 있었다. 우리는 그녀가 드나들었던 식당들을 보았고 그녀가 그 옛날 보았던 주방보다 더 많은 수의 주방들도 보았다.

우리는 정원의 돌 벤치에 앉았다. 사위가 조용하고 인적이 드물었다. 400년 세월이 덧없이 갔다. 그 정원의 그곳에 엘리자베스와 함께 앉아 있는데 의회의 시종들이 말을 타고 와서는 말에서 내려 무릎을 꿇고 그녀가 잉글랜드의 여왕이라고 아뢰는 장면을 상상해 봄 직했다.

우리는 저녁을 먹기 위해 하이게이트로 돌아왔다. 노라가 내게 마크스 서점 사진 몇 장과 프랭크의 사진 한 장을 집에 가져가라고 주었다. 노라는 생전의 프랭크가 내게서 온 편지를 하나씩 집으로 가지고 와서 가족들에게 읽어 줄 때면 자신은 화가 머리끝까지 나곤 했었다고 내게 말해 주었다.

"내가 프랭크에게 이렇게 말했지요. '도대체 어떻게 생겨 먹은 남편이 그럴 수가 있어요? 다른 여자의 편지를 집으로 가지고 오다니!'"

"그가 편지를 집으로 가지고 오지 않았다면 당신에게 걱정거리가 생겼을 거예요." 내가 말했다.

노라가 나를 바라보며 고개를 끄덕였다.

"프랭크도 누누이 그렇게 말하곤 했어요." 그녀가 말했다.

그녀의 정원에 피었던 꽃들이 거의 다 졌다. 그녀는 마지막 남은 장미들을 꺾어 내게 가져가라고 주었다.

PB와 엘리 부부와 함께 엘리자베스 시대의 대저택인 로즐리 하우스(Losely House)에. 엘리자베스 1세도 한때 그곳의 손님이었다. 그녀는 집에 돌아와서 불평과 비난을 길게 적어 그곳 주인에게 보냈다.

그들 세 사람은 샘 피프스가 식사를 했던 펍에서 내일 밤 저녁 식사를 하기로 했다. 그들은 내가 동행하기를 원했다. 나는 대령의 파티에 가기 전에 시간을 내보겠다고 말했다. 내게 그럴 시간이 없다는 것을 너무도 잘 알고 있었지만, 나는 소심한 인간이라 PB에게 '잘 있어요. 고마웠어요.'라는 말을 어떻게 전해야 할지 알지 못했다. 그에게는 내일 전화기에 대고 작별 인사를 해야 할까 보다.

PB는 엘리 부부를 코노트에서 내려 주고, 나를 데리고 그 보석 가게에 들러 내게 선물하려고 주문해 놓은 옷깃에 다는 장식 핀을 찾았다. 그것은 빨강과 하양의 런던시 문장으

로 장식한 금 십자가로, 문장에는 런던시의 표어가 새겨져
있었다.

주여 우리를 인도하소서

PB가 계속 사람들을 잘 인도해 주리라 믿는다.

어젯밤에 가방을 거의 다 챙겨 놓아서 러셀 스퀘어에서의 초상화 작업을 오늘 아침 일찍 시작할 수 있었다. 엘레나는 정오까지 그림을 그렸다. 그때 다시 비가 오는 바람에 중단했다.

그녀는 나를 태우고 내시 크레슨트를 마지막으로 한 번 더 둘러볼 수 있게 리젠트 파크와 예쁜 거리들을 모조리 거쳐서 판저스로 갔다. 런던타워로 가기 전에 고별 점심을 하기 위해서였다.

차를 몰고 런던타워에 도착해 보니 입장할 사람들이 네 줄로 나란히 서서 기다리고 있었다. 그 행렬은 런던타워의 출입문을 따라 한 블록이나 뻗어 있었는데, 움직일 기미가 보이지 않았다. 난 그때서야 런던타워의 내부를 절대로 볼 수 없다는 것을 깨달았다. 거기에 그렇게나 여러 번 갈 수 있었는데. 그 기회를 너무 오랫동안 내가 팽개쳐 뒀던 거다.

"내년 여름엔, 당신이 못 가 본 곳들을 전부 우리가 목록으로 만드는 거예요. 그리고 런던타워를 목록의 맨 위에 올리면 돼요!" 엘레나가 밝은 목소리로 말했다.

엘레나가 아침에 나를 공항에 태워다 주기로 했다.

_____ **나중에**

대령은 첼시의 안락한 아파트에서 파티를 열어 주었다. 그의 지인들인 남자 두 명, 매력적인 여자 몇 명, 그리고 스위스 출신의 숫기 없는 젊은 부부 모두 즐겁고 편안해 보였다. 나는 그들의 이름도, 그들과 나눴던 대화의 내용도 전혀 기억하지 못한다. 집중할 수가 없었기 때문이다. 내일 아침 10시에 내가 공항으로 출발해야 하므로 파티는 일찍 끝났다. 노라가 대기하고 있다가 나를 숙소에 데려다 주었다. 노라와 작별 인사를 하고 편지를 하기로 약속했다. 이 글은 침대에서 쓰고 있다. 잠그지 않은 채 바닥에 부려 놓은 여행 가방, 아무것도 없이 휑뎅그렁한 화장대, 비 내리는 창가에 드리워진 커튼. 내가 이곳에 도착했던 그날 밤과 똑같아 보인다.

아침 식사를 마치고 방에 올라가서 가방을 들고 내려와 숙박비를 계산했다. PB에게 작별 인사를 하려고 통화를 시도했으나 전화를 받지 않았다.

도이치 출판사로 걸어가 내일 열리는 협의회에 참석하려고 오는 호주 서적상들에게 나눠 줄 〈채링 크로스 84번지〉 20권에 사인해 주었다. 그들의 이름은 모른다. 그래도 차마 내 이름만 적어 주고 그냥 끝낼 수는 없다. 무성의하게 보일 테니까. 책마다 "이름 모를 책 애호가에게"라고 썼다. 가끔은 내가 제정신이 아니라는 생각이 든다.

도이치 출판사의 카르멘과 태머 씨, 그리고 아직 출근하지 않은 앙드레를 제외한 모든 직원에게 작별 인사를 했다. 그러고는 러셀 스퀘어에 가서 공원에도 안녕을 고했다. 나와 친구가 된 공원 관리인은 근무하러 나올 시간이 아니어서 아직 자리에 없었다. 나만 홀로 그곳에 있었다.

호텔로 돌아와 다시 PB와의 통화를 시도했지만 여전히 전화를 받지 않았다. 집에 돌아가자마자 그에게 편지를 쓰기로 작정했다. 어차피 편지를 쓸 생각이었지만. 전화 부스에서 나오니 오토 씨가 허리를 굽히며 정중하게 말했다.

"작가님의 잭-유-어가 기다리고 있습니다."

그 재규어에는 엘레나가 타고 있었다. 재규어의 임자인 레오에게는 이야기를 나누기에 너무 시끄러운 스테이션 왜건으로 나를 공항까지 태워다 주지 않겠다고 말했다고 한다.

그녀는 나에게 조그만 진주 두 알이 박힌 반지를 주었다. 일전에 내가 진주를 좋아한다고 말하는 것을 들었기 때문이란다.

대령이 히스로 공항에서 우리를 맞았다. 그가 나의 수하물 수속을 처리하고는 우리를 이끌고 호기롭게 VIP 룸으로 들어가 셰리주를 대접해 주었다. 셰리주를 마시며 그는 내가 탄 비행기가 이륙한 다음에 엘레나에게 VIP 가이드로 공항 청사를 구경시켜 주겠다고 호언장담했다.

대령과 엘레나는 비행기까지 나를 따라왔다. 대령이 나를 어떤 스튜어디스에게 인계하며 그녀에게 나를 잘 챙겨 달라고 말했다. 대령과 엘레나가 내게 작별의 키스를 했다. 나의 좌석은 창가 자리였다. 나는 미끄러지듯 들어가 앉아 밖을 내다보며 그들을 찾아보았다. 내가 그들을 발견하고 손을 들어 흔드는 순간 그들은 돌아서서 군중 속으로 사라졌다.

비행기가 이륙했다. 그리고 갑자기 모든 것이 사라진 것 같았다. 블룸즈버리와 리젠트 파크와 러셀 스퀘어와 러틀랜드 게이트. 아무 일도 일어나지 않았고, 그 어떤 것도 실재했던 일이 아니었다. 그 사람들조차 실제의 인물이 아니었다. 모든 일은 상상이었고 그들은 모두 유령이었다.

이 순간 나는 비행기에 앉아 얼굴들을 보려고, 런던을 붙잡고 있으려고 애를 써 본다. 하지만 집 생각이 마음속을 파고든다. 수북이 쌓인 편지가 나를 기다리고, 사람들이 나를 기다리고, 세상이 나를 기다린다.

프로스페로[1]가 했던 말들이 토막토막 머릿속에서 맴돈다.

우리의 잔치는 이제 끝났다. 우리의 이 배우들은

…모두 정령들이었고

허공으로, 흔적도 없이 녹아버렸다…

구름 위로 솟은 탑들이며 화려한 궁전이며

---

1   Prospero: 셰익스피어의 〈템페스트〉에 등장하는 인물. 인용한 부분은 〈템페스트〉의 4막 1장.

장엄한 사원들은… 흩어지고

그리고 이 형체 없는 화려한 연극이 사라지듯,

뒤에 흔적 하나 남지 않는다. 우리는 꿈과 같은

존재이므로…

편히 잠드소서, 메리 베일리.

Marks & Co Booksellers, 84 Charing Cross Road, London, 1969
Photo. Alec Bolton (1926-1996)

친애하는 독자들께

"책 재미있어요? 김환기 화백 아내분은 생존해 계신가요?"
파리행 비행기였다. 옆자리 승객이 말을 걸어 왔다. 김환기
화백에 관해 책을 쓰러 떠난 길이었다.

"아내분을 아세요?"

"두 분 파리에 사셨잖아요. 저도 25년이나 살았거든요."

공항에서 우리는 나란히 택시를 탔다. 그는 8구 몽소 공원 앞
에서 내렸다. 내 숙소는 5구였다. 그는 창문을 내려 보라 손
짓하더니 말했다. "모험을 즐겨요." 택시는 출발했다. 그는
손 흔들며 서 있었다. 밤의 파리였다.

주말에 우리는 다시 만났고 뤽상부르 공원 뒷길을 걸었
다. 김환기 김향안 부부가 파리에 도착하여 처음 머물던 동
네였다. 비행기 안에서 읽던 〈어디서 무엇이 되어 다시 만나
랴〉(김환기)와 〈월하의 마음〉(김향안)이 늘 가방 안에 있었

다. 하루는 그가 소리 내어 김환기 화백의 글을 읽어 주었다. 김 화백의 육성 자료를 구하지 못해 안타까워하던 중이라 키도 체격도 얼굴 생김도 비슷하니 목소리도 닮지 않았을까 상상했다. 책 쓰는 동안 종종 읽어 주던 음성과 풍경을 떠올리곤 했다. 니스, 칸, 생폴 드 방스, 그라스, 망통. 키가 큰 그와 키 작은 나는 환기 향안이 걷던 많은 길을 나란히 걸었디.

석 달 만에 서울로 돌아오니 모두 꿈만 같았다. 집 근처 낡은 아파트 상가 3층에 작업실을 얻었다. 혼자 쓰기엔 공간이 넓어 책장 두 개에 책을 채우고 서점을 냈다. 판매용 책은 스무 종이 안 되었다. 라디오 작가로 다시 일을 시작했으므로 한 달에 한 번만 열었다. 그래도 사람들이 찾아와 책을 사갔다. 두 번쯤 문을 열었을 때 같이 책 만들던 편집장이 찾아왔다.

"서점 여신다는 얘기 듣고 이 책이 생각났어요. 절판되었다길래 어렵게 구했어요."

〈채링 크로스 84번지〉였다. 뉴욕에 사는 무명작가 헬레인 한프와 런던의 중고 서적상 프랭크 도엘이 책과 함께 주고받은 20년간의 편지를 엮은 책이다. 읽어 보니 작가 헬레인 한프와 내가 묘하게 닮았다. 방송작가다. 책을 몇 권 썼다. 크게 빛을 보지는 못했다. 낡은 아파트에서 누가 알아주지도 않을 글을 쓰며 구부정하게 앉아 있을 싱글 여인. 1949년 뉴욕에는 헬레인 한프가, 2016년 서울에는 내가 있었다. 서점을 열고 두 달밖에 되지 않았으므로 처음 읽을 때는 헬레인 한프에게 나를 이입했는데, 1년 반 뒤 라디오 일을 완전히 접고 서점을 1층으로 이사한 뒤부터는 마크스 서점 프랭크의 편지에 더 마음이 갔다. 책방 일은 상상 이상으로 고되었지만 원하는 책을 찾아 손에 들고 가는 모습들을 보면 반드시 웃게 된다.

찾는 책이 자꾸 겹치는 남자손님과 여자손님이 있길래 인사시켜 주었더니 한 달 뒤 사귀는 사이가 되었다며 손잡고 찾아왔다. 재밌게 읽을 소설을 소개해 달라길래 아고타 크리스토프의 〈존재의 세 가지 거짓말〉을 건네주었더니 "저희 아버지 인생책이에요. 서점이랑 저랑 통하는 것 같아요." 하고는 자주 들러 책을 사가는 분도 있다. 처음 방문했을 때 권해 드린 책이 마음에 든다며 부산에서 서울까지 한 달에 한 번 찾아 주시는 70대 어르신도 있다. 그리고 서점 리스본 독서실.

2018년 10월 3일. 허수경 시인이 세상을 떠났다. 발인하는 10월 5일엔 비가 많이 내렸고 나는 몸살을 앓았다. 출근 시간에야 겨우 몸을 일으켜 서점 문을 열었지만 일이 손에 잡히지 않았다. 스무 살 때부터 좋아하던 사람을 그냥 보낼

순 없다. 서점 SNS에 글을 올렸다. 시를 읽으며 보내 드리고 싶다. 오늘 저녁 8시 서점에 와서 허수경 시인의 시를 같이 읽으면 어떨까. 열 자리가 순식간에 찼다. 내가 갖고 있는 시인의 시집을 모두 꺼내 가운데 두었다. 각자 시집을 고르고 소리 내어 읽었다. 펼치는 곳마다 죽음이 흐르고 있어 우리는 같이 좀 울었다.

비 내리던 가을날 시낭송을 시작으로 우리는 매주 금요일마다 모여서 책을 읽었다. 공간은 작은데 같이하고 싶어 하는 사람들은 자꾸 늘어나 서점을 하나 더 만들었다. 성장하는 과정에서 좋은 일만큼 어려운 일도 많았지만 독서실 멤버들이 모여 책 읽는 모습을 보면 반드시 웃게 되었다. 대화를 나누는 시간은 또 얼마나 풍요로운지. 책 읽는 사람들은 편견과 차별 없이 상대를 받아들이고 끄덕이며 이해한다. 페이지를 넘길 때마다 우리는 자유로워지고 너그러워진다. 불편과 부당에 대해서 분노하는 지점도 닮아 있다. 우리는 서로를 정서적 안전망이라고 부른다. 상처받고 날아들었다가 다시 날개를 펴고 날아가는 새들 같다. 독서실 끝나고 집에 갈 때 그들은 재잘대며 웃고 있다. 책이 이어 주는 사람들은 틀림이 없다.

서점 단골인 번역가 심혜경 님과 〈채링 크로스 84번지〉 이야기를 신나게 나눈 적이 있었다. 이후 이야기도 책으로 나와 있는데 무척 재밌다 하셨다. 번역서가 나오지 않아 아쉬웠다. 역시나 서점 단골인 출판사 대표님에게 이야기를 전했다. 두 분이 함께 책을 만들어 주셨다. 〈마침내 런던〉을 보며 생각한다. 역시나, 책으로 이어지는 사람들은 틀림이 없다.

덕분에 셰익스피어가 다니던 식당이며 디킨스의 공간들을 헬레인 한프와 같이 걸었다. 책을 읽기 시작한 날, 교수가 된 친구에게 전화가 왔다. 안식년을 런던에서 보내게 됐는데 같이 가지 않겠냐고 했다. 고맙지만 서점을 지켜야 한다니까 여행 많이 다니던 사람이 한자리에 묶여 있으니 답답하지 않냐고 했다. 페르난도 페소아는 평생 리스본을 떠나지 않았다. 책을 펼치면 온갖 세상을 여행할 수 있는데 굳이 멀리 갈 필요가 없다 했다. 서점 주인이 된 뒤로는 여행이 고프지 않다. 서점 안에 있으면 수많은 언어가 들린다. 펼치면 지중해고 남극이거나 밀림, 사막이거나 아름다운 도시다. 다만 거기 사람들이 그리워할 서점 하나가 불 켜진 채 있다면 더할 나위 없겠다.

〈북 오브 러브〉라는 영화에는 마크스 서점이 현재까지 영업 중인 설정으로 등장한다. 연인들의 성지가 되었다. 〈채링 크로스 84번지〉 책이 사랑을 이어 준다. 진짜로 그럴 수 있다면 높은 확률로 좋은 인연일 테다. 헬레인 한프가 '마침내 런던'에 가서 만난 사람들처럼, 내가 서점 리스본에서 만난 사람들처럼 책이 이어 주면 틀림이 없다.

서점 리스본에서,

정현주

역자 후기

〈채링 크로스 84번지〉를 읽은 이후 채링 크로스 84번지의 마크스 서점은 줄곧 내 마음의 성지였다. 전 세계의 책과 애서가들에게 보내는 러브레터와도 같은 책에 등장하는 서점이었기 때문이다. 그리고 나처럼 어비블리오포비아(abibliophobia) 증세를 보이는 뉴욕의 작가 HH(Helene Hanff, 헬레인 한프)의 시니컬한 말투와 까칠함이 좋았다. 어비블리오포비아는 읽을거리가 떨어지지 않을까 두려워하는 공포증을 뜻하는 신조어로, 물론 헬레인 한프 생전엔 없던 말이다.

자신이 읽고픈 책들이 도서관과 서점에서도 구하기가 어렵다는 말을 자주 했던 걸 보면 HH도 나처럼 도서관과 서점에서 많은 시간을 보냈을 것 또한 틀림없을 테다. 책들로 메워진 곳에서 일하고 싶어 도서관 사서로 근무하면서도 새로 나온 책들을 누구보다 빨리 읽고 싶어 서점 문턱이 닳도록 드나들었던 나, 그리고 뉴욕의 HH와의 사이를 지금까지 이어 주었던 것은 오로지 〈채링 크로스 84번지〉밖에 없었다.

그런데 이제 〈채링 크로스 84번지〉의 다음 이야기가 들어 있는 작품을 번역하면서 나는 다시 HH를 만났다. 그녀를 직접 만나 책 이야기를 나눌 수는 없지만 그녀의 책을 한국의 독자들에게 한 권 더 소개할 수 있어서 얼마나 커다란 기쁨인지. 〈채링 크로스 84번지〉의 다음 이야기를 발견해서 내게 알려준 친구는 〈뉴욕의 책방〉을 쓴 최한샘 작가였다. 꽉 채운 3년 동안 뉴욕의 서점가를 부지런히 탐험했던 그녀가 뉴욕에서 사들고 온 많은 책들 중의 한 권이 바로 이 책이었다.

〈채링 크로스 84번지〉는 런던 채링 크로스 84번지의 마크스 서점 직원들과 HH가 1949년에서 1969년까지 주고받은 편지를 엮은 책이다. 문학지에 실린 광고를 보고 희귀본과 절판서적을 전문으로 다루는 마크스 서점을 알게 된 HH가 편지로 책을 주문하기 시작해서 20년간 도서 주문과 청구서를 겸한 편지가 바다를 건너 오갔던 사연들이 차곡차곡 담겨 있다. 그리고 HH의 주문을 주로 담당했던 직원 프랭크 도엘과 그 가족과의 친밀한 관계는 1969년 프랭크 도엘의 사망 이후에도 계속 이어진다.

마크스 서점을 한번도 방문하지 않은 상태에서 1970년

〈채링 크로스 84번지〉를 출간한 HH가 처음으로 영국 땅을 밟은 시기는 1971년이었다. 뉴욕에서 HH의 책을 출간한 두 달 뒤에 런던의 출판사가 판권을 샀고, 영국에서의 출간 시기에 맞춰 홍보를 위해 방문 요청을 받아 드디어 영국행이 가능해진 것이었다. 하지만 그때 이미 마크스 서점은 문을 닫은 상태였다. 프랭크 도엘이 세상을 떠나기 전에, 마크스 서점이 문을 닫기 전에 가 봤어야 했는데. 사실은 HH가 1952년 영국 여왕 엘리자베스 2세 대관식에 맞춰 영국을 방문할 계획을 세웠던 적이 있었다. 하지만 가난한 작가였던 HH는 갑작스레 치과 치료에 큰돈이 드는 바람에 여행 경비로 준비했던 자금을 날리고는, 치과 의사 선생이 신혼여행을 떠났는데 자신이 그 신혼여행 자금 조달책이었던 셈이라는 내용의 편지를 서점에 보낸다.

"…그러니 엘리자베스 여왕은 저 없이 왕좌에 오르셔야겠어요. 앞으로 2년 동안은 제 이에 왕관을 씌우는 대관식으로 대신할밖에요."

마크스 서점을 먼저 알게 된 것은 영화를 통해서였다. 우리나라에서는 '84번가의 연인', 혹은 '84번가의 비밀문서'라는 영화명으로 소개되어서 언뜻 로맨스 영화나 첩보 영화로 생각하기도 한다. 영화의 첫 장면은 책장이 비워진 텅 빈 서점에서 HH가 과거를 회상하는 장면에서 시작하는데, 나중에 책으로 읽게 된 〈채링 크로스 84번지〉에는 없는 내용이다. 실화를 바탕으로 한 영화였기에 대본을 쓰는 이가 영국을 방문하지 못했던 HH를 안타깝게 여겨 작가적 상상력을 동원해서 채워 넣은 부분이 아닐까 생각했었는데 이 책 〈마침내 런던〉을 읽고 의문이 풀렸다. 〈채링 크로스 84번지〉의 후속작을 출간한 것은 1973년, 그리고 영화를 촬영한 시기는 1986년이었으므로 HH가 마크스 서점을 방문한 이야기를 추가할 수 있었던 것이다.

영국문학 속의 영국을 보고 싶어 하면서도 영국에 갈 수 없어서, 영국의 거리를 보고 싶다는 이유 하나만으로 영국 영화를 보러 가기도 했던 HH는 서점에 보내는 마지막 편지에 이렇게 적고 있다.

"혹 채링 크로스 84번지를 지나가게 되거든,
내 대신 입맞춤을 보내 주겠어요? 제가 정말 큰 신세를
졌답니다."

〈채링 크로스 84번지〉의 성공으로 영국을 방문할 수 있었던 HH는 영국에서 그녀의 책을 읽고 열성적인 팬이 된 수

많은 사람들에게 온갖 극진한 대접을 받는 '블룸즈버리가의 공작부인(이 책의 원제, The Duchess of Bloomsbury Street)'으로 등극한다. 나는 비록 한시적이긴 하지만 HH가 공작부인 칭호를 받을 자격이 차고 넘친다고 생각한다. 수많은 사람들이 그녀의 책을 읽고 책과 서점을 좋아하게 만들었다는 공로 하나만으로도 충분하지 않은가. 그래서인지 HH가 살던 뉴욕의 아파트(뉴욕 72번가 301 E.)에도 그녀와 그녀의 책 〈채링 크로스 84번지〉를 기념하기 위한 동판을 붙여 놓았다고 한다. 그리고 책의 내용이 널리 알려지게 된 다음에는 런던 채링 크로스 84번지의 옛 마크스 서점이 있던 터에 남은 둥근 명판에 HH를 대신해 키스를 보내는 사람들이 아직도 종종 있다고 들었다.

HH의 전기인 〈Helene Hanff : A Life〉를 보면 뉴욕에서의 그녀는 공작부인은커녕 돈벌이가 될 만한 일을 찾기 위해 온갖 글을 썼다. 대학교육을 받지 않고 혼자서 도서관에서 책을 읽으며 글쓰기를 배웠던 HH는 자신이 책에 대한 특이한 취향을 갖게 된 것은 케임브리지 대학의 영문과 교수인 퀼러 카우치(Sir Arthur Thomas Quiller-Couch, 1864-1944)의 책을 읽었기 때문이라고 말한다. 그녀는 카우치에 관한 책 〈Q의 유산Q's Legacy〉을 썼을 정도로 카우치를 높이 평가하고 있다. HH는 이외에도 수많은 어린이 책, 연극과 영화, 그리고 방송 대본들과 함께 여러 권의 책을 썼지만, 정작 그녀의 이름을 널리 알린 것은 헌책방과 주고받은 편지들이었다. 그녀는 붉은 벽돌로 지은 5층 건물의 좁은 아파트에 살았고, 아침 일곱 시면 침대에서 일어나 소파 베드를 접어 손님맞이용 소파로 바꾸는 일을 하면서 지겹다는 푸념을 한다. 침대 시트와 담요를 접고 베개와 함께 벽장에 수납하는 일을 매일매일 한다고 생각해 보라. 하지만 마음에 드는 공간을 차지하기 위해서는 대가를 치러야 한다는 걸 너무도 잘 알았던 HH는 자신의 삶을 바꾸지 않는 편을 택했다. 평생 자유롭게 살며 좋아하는 일에 드는 비용을 벌기 위해서만 움직였으니까.

HH의 책 〈마침내 런던〉을 읽으며 런던을 걸으면 〈해리 포터〉 시리즈에서처럼 머글 세계에서 다이애건 앨리로 갈 수 있는 통로이자 술집이며 여관인 리키 콜드런(The Leaky Cauldron) 같은 곳을 발견하게 될지도 모른다. 채링 크로스 로드에 위치하는 걸로 설정한 리키 콜드런은 오래되고 낡은 가게처럼 보이지만 그 뒷문으로 나가면 다이애건 앨리와 직접 연결되는 입구가 나온다고 한다. 그런데 리키 콜드런에는 인식장애마법이 걸려 있어서 우리와 같은 머글들은 절대 찾을 수가 없으니, 마법사는 아니더라도 채링 크로스 로드를 충분히 걷고 즐겼을 HH와 함께 가면 혹 찾을 수도 있지 않을까.

얼마 전 어느 중국 남자 배우의 인스타그램에서 중국어판
〈채링 크로스 84번지〉를 소개하는 피드를 본 적이 있다. "좋
아요!'를 누른 사람의 숫자를 헤아려 보니 무려 2만 5,882명
이었다. 중국에서라도 HH의 책이 많이 팔렸을 것 같아 엄청
기뻤다. 중국어로도 〈마침내 런던〉이 출간되어 있다. 중국
어판 제목은 재치 있게도 '돌아온 채링 크로스 84번가(重返
查令十字街84號)'. 린던이 처음이더라도 그곳에 가면 왠지 고
향에 돌아온 것 같은 느낌이 들 것 같다. 그리고 세계 어디를
가건 애서가를 만나면 헬레인 한프와 런던 이야기를 꺼낼 것
같다. 헬레인 한프는 소문 내고 싶은 마음을 참기 어려운 작
가니까.

심혜경

HB1015

마침내 런던

헬레인 한프 지음
심혜경 옮김

Ⓟ HB Press 2021

개정판 1쇄 2024년 7월 26일
1판 1쇄 2021년 10월 22일
조용범, 김정옥, 눈씨 편집
은작가 그림
김민정 디자인
황은진 마케팅
공간 제작

에이치비*프레스 (도서출판 어떤책)
서울시 서대문구 성산로 253-4, 402호
전화 02-333-1395 팩스 02-6442-1395
hbpress.editor@gmail.com
hbpress.kr

ISBN 979-11-90314-34-3

And, like this insubstantial pageant faded,
leave not a rack behind.

We are such stuff as dreams are made on…